괴테문집

—

기획　최두환 이문희

이 책을 曉園 李奭熙 은사님께 바칩니다.

파우스트

I

최두환 옮김

시와진실

바치는 글

다시 다가오는가, 아물거리는 너희 모습!
한때 어설픈 나의 눈망울에 맺혔던
너희 내 이번에는 정말 잡을 수 있을까?
내 마음 아직 그 광기에 쏠리는가?
몰려들 오는구나! 좋다, 그럼 마음껏 피어나라.
아지랑이 안개 제치고 솟아오르듯
몰려오는 너희 감도는 그 신묘한 기운
젊은 시절 설렘에 나의 가슴 떨려오네.

즐거웠던 그 시절 그 장면들 너희와 함께 오고,
정겨운 너희 모습 그림자 되어 어렴풋이 피어오르네.
거의 잊혀진 옛이야기처럼
첫사랑과 우정 더불어 떠오르고
새삼스럽게 다가오는 쓰라림과 슬픔,
미로와 같은 인생 행로 다시 펼쳐지네.
행복에 겨워 수많은 시간 허비해 버린,
나보다 앞서서 간 선한 이들 이름 불러보네.

그들은 이제 내 노래 듣지 못하네.
내 첫 노래 들어주던 사람들,
우정으로 들끓던 그 모임은 사라지고
멎었구나, 아! 그 첫 반향.

내 노래 이제 낯선 무리에게 울려퍼져
그들의 박수마저 내 마음 불안하게 하네.
내 노래 즐길 사람 여전히 남았다 해도
온누리에 흩어져 방황하네.

이미 잊은 지 오래된 그리움이, 말없이 진지한
저 선경을 향한 그리움이 나를 다시 붙잡고,
바람결에 떨리는 하프처럼 속삭이는 나의 노래
무어라 규정할 수 없는 울림 속에서 떠도네.
온몸 떨리고 눈물 흘러
조였던 마음 부드럽게 풀리고,
내가 지닌 것 모두 아득히 멀어 보이고
사라져 간 것들 현실로 다가오네.

무대 위 앞놀이

단장, 전속 시인, 익살꾼.

단장 자네들 둘 다 괴롭고 어려운 일 있을 때마다
날 도와줬는데
독일 각지에서 벌일 이번 공연이
자네들 생각에는 잘 될 것 같은지 말 좀 해보게.
내가 바라는 건 오직 관객들을 즐겁게 하는 것,
그들이 신나야 우리도 살 수 있으니 말야.
기둥도 박고 널빤지도 깔았것다,
이젠 모두 잔칫날만 기다리는 분위기라네.
벌써들 만사 제쳐놓고 앉아 눈썹 세우고
기막힌 구경거리만 기다리고 있네.
관객들 마음 잡는 것은 나도 아는 편이지만
지금처럼 난감한 적은 없었다네.
그들이 걸작만 봐온 관객은 아닐 테지만
요즘 사람들은 책을 아주 많이 읽는다고 하지 않는가.
어떻게 해야 새롭고 쌈박하고
의미도 있어 마음을 사로잡을 수 있겠나?
물론 이건 대박을 치고 싶어서 하는 말이지.
구경꾼이 밀물처럼 우리 무대에 몰려들어
그 좁은 은총의 문 뚫고 들어가겠다고

밀치고 밀리면서 반복되는 진통처럼 아우성치고,
네 시도 되기 전에 대낮부터
발길질 해대며 매표구까지 싸우듯 달려와서는
마치 흉년에 빵집 앞에서 빵 달라고 난리치듯
표 한 장 얻기 위해 모가지가 부러지는 상황만 된다면야 얼마나 좋겠나.
제각각 다른 관객에게 이런 기적을 만들 수 있는 이는
오직 시인뿐이지. 오, 자네가 그걸 해줘야겠네!

시인 오, 그 관객들 얘기는 꺼내지도 마시오,
그런 무리는 생각만 해도 시상이 도망가니까요.
그런 시끄러운 자들은 눈에 띄지도 않게 해주시오,
그들을 보면 싫으면서도 그 소용돌이에 빠지니까요.
그 대신 저를 조용한 하늘나라 좁은 길에 있게 해주시오,
순결한 시인의 기쁨은 그런 곳에서만 피어오르니까요.
그런 곳에서만 시인의 심성에 내린 은총의 힘으로
사랑과 우정을 담아낼 수 있습니다.
아! 시인의 가슴 밑바닥에서 솟구치는 것을
수줍게 입술에서 더듬으며 써놓고 보면
때로는 실패하기도 하고 때로는 겨우 성공하기도 하지만
순식간에 사나운 소용돌이가 몰아쳐 삼켜버리고 말지요.
그건 수년에 걸쳐 삭히고 삭혀야
농익는 거랍니다.
번쩍이는 것은 그 생명이 순간에 불과하지만

진짜는 후세에까지 길이 남는 법이지요.

익살꾼 그 후세라는 말 제발 그만했으면 해요.
만일 나까지도 후세 운운한다면
대체 누가 현재를 즐겁게 해준답니까요?
현재가 원하는 건 쾌락, 그러니 재미있게 해줘야죠.
제 생각인데 똘똘한 젊은놈 하나만 있으면
그것만으로도 뭔가 된다구요,
재미있는 말 쏟아놓는 재주만 있으면 말예요.
아무리 변덕스러운 관객이라도 화나게 하면 안 되니까요.
그런 능력자는 관객이 많은 걸 좋아하시요,
그래야 더 화끈하게 객석을 흔들어 놓을 수 있으니까요.
그러니 당신도 한번 그 능력 멋지게 보여주세요,
온갖 합창 곁들인 황홀한 노래를 들려달라는 말이에요.
이성, 오성, 감정, 격정 골고루 섞되
잊지 마세요! 익살이 빠지면 안 된다는 걸!

단장 특히 사건들을 풍성하게 꾸며보게!
관객들에겐 볼거리가 많으면 그만이니까.
거미줄 뽑혀 나오듯 눈 앞에 사건이 줄줄이 이어져
관객들 눈과 입을 떡 벌어지게 한다면
그들의 마음을 사로잡은 것이고
자넨 드디어 인기작가가 되는 걸세.
많은 수는 많은 양으로만 제압할 수 있지.
결국 각자 꽂히는 것을 기억할 테니까.

많이만 내놓으면 많은 사람이 각자 얻는 게 있다는 말일세.
그러면 모두 흡족한 마음으로 극장을 나오지.
작품이 하나이더라도 처음부터 여러 개로 쪼개게!
잡탕범벅쯤이야 쉽게 만들 수 있지 않나.
가볍게 생각하고 가볍게 하면 된다네.
자네가 애써 완전한 작품을 내놓은들 무슨 소용이 있겠나,
결국은 관객들이 조각조각 깨버리고 말 것을.

시인 그런 장난질이 얼마나 나쁜 짓인지 모르시는군요!
그런 짓은 진정한 예술가가 할 일이 아니에요!
청렴한 척 하는 자들의 장난질이
당신에게는 이미 원칙이 되었나 봅니다.

단장 그런 비난으로 내가 꿈쩍이라도 할 것 같은가?
영향력을 제대로 발휘해 보고 싶은 사내라면
제일 좋은 연장을 써야지.
생각해 보게, 자네가 해야 할 일은 무른 나무 쪼개기라네.
그리고 자네가 어떤 사람들을 상대로 글을 쓰는지를!
극장에 오는 놈들은 할일이 없어 빈둥대거나
만수성찬으로 배가 터지다 못해 지쳐서 오는 놈들이네.
제일 고약한 건, 꽤 많은 경우인데
신문광고 보고 오는 놈들이지.
마치 가장무도회에라도 오는 듯 들떠서 달려오지.
그들을 날개 달린 듯 달려오게 하는 건 오직 호기심뿐이지.
여자들은 몸매와 치장한 것을 뽐내려 애쓰지,

돈도 안 받고 연극에 출연해 주는 셈이지.
자네가 그 높은 시인이라는 자리에서 꿈꾸는 게 뭔가?
객석이 꽉 차면 왜 좋아하는가?
후원자들 면면을 보게나, 가까이서 자세히!
반은 차갑고 반은 무식하기 짝이 없지.
연극이 끝나면 카드놀이나 하러 가거나
창녀 품에 안겨 광란의 밤을 보내지.
그따위 짓을 도우려고
예술의 여신을 그렇게 괴롭힌단 말인가?
자네한테 한마디 하겠네, 그저 많이만 쏟아놓게,
그러면 절대 목표를 달성하지 못할 리 없네.
관객들을 얼떨떨하게만 만들면 되네,
그들을 아주 흡족하게 해주기는 어려울 테니 ——
아니 왜 그러나? 자신이 생겨 그러나? 난감해서 그러나?

시인 저리 가시오, 당신 종 노릇할 놈이나 찾아보시오!
시인에게 사람의 최고 권리를,
자연이 준 천부적인 권리를
당신 때문에 팽개치라는 거요?
시인이 무엇으로 만인을 감동시키는지 아시오?
시인이 무엇으로 악귀들을 물리치는지 아시오?
가슴에서 솟구쳐 온 세계를 다시
삼켜버리는 감응의 힘 아니겠소?
자연은 기나긴 생명의 실을

무심코 감으면서 물레에 물려 영원히 돌아가게 합니다.
삼라만상과 조화를 이루지 못하는 무리에게는
그 소리가 지겹게만 들리겠지요.
이 같은 단조로움 속에서 가닥을 잡아
활기를 넣고 박자에 맞춰 움직이게 하는 이가 누구입니까?
한 개인을 성스러운 위상으로까지 끌어올려
멋진 화음을 내게 하는 이가 누구입니까?
폭풍을 일으켜 뜨거운 정열을 만들어 내게 하는 이가 누구입니까?
붉게 타는 저녁노을을 보며 진지하게 생각하게 하는 이는,
사랑하는 여자가 가는 길에
어여쁜 봄꽃 뿌리는 이는 누구입니까?
보잘것없는 풀잎 꺾어
무엇에든 애를 쓴 사람 위해 꽃관 엮는 이는 누구입니까?
올림포스 지키며 신들을 한데 모이게 하는 이는 누구입니까?
그것은 시인에게서 드러나는 사람의 힘입니다.

익살꾼 그럼 어디 그 멋진 힘들 다 모아
시적인 사업 해보시지요,
사랑사업하듯 말예요.
우연히 가까워진다, 뭔가 느낀다, 선 채로 머문다,
그러다 점점 얽히고설켜 짜여진다,
행복이 자란다, 방해가 끼어든다,
좋아라 날뛴다, 슬픔도 닥쳐온다.
그러면 어찌된 일인지 살펴보기도 전에 소설 하나가 뚝딱

탄생하는 거라구요.
우리도 그런 연극 한번 만들어 봅시다!
인생의 현장을 포착하기만 하면 된다구요!
누구나 현장에서 살지만 그걸 의식하는 사람은 많지 않지요.
그걸 콱 낚아채기만 하면 재미있는 작품이 되지요.
온통 울긋불긋한 그림에다 명료한 것 쬐금,
온통 틀려먹은 것 투성이에다 진리의 불꽃 한 점
슬쩍 넣으면 최상의 술이 빚어진다구요.
그러면 한창 피어나는 꽃 같은 청춘 남녀
당신 연극 보러 모여들 테고,
당신 계시 받으려고 귀 기울일 거요.
그러면 감정이 섬세한 이들은
당신 작품에서 멜랑콜리한 자양분을 얻을 거요.
그러면 얼마 안 가 이 기분 저 기분 발동해서
자기 가슴 속에 있는 것을 들여다볼 거요.
젊은 것들은 금세 울기도 잘 하고 웃기도 잘 하며
감정의 비약을 숭상하고 겉치레를 좋아하지요.
다 끝난 이들은 도리가 없구요.
하지만 성장하는 이들은 고마워하겠지요.

시인 그럼 내게 그 시절도 돌려주오.
내가 성장하던 그 시절을,
노래의 샘이
끝없이 솟아나던 그 시절을,

안개가 세상을 감싸고
꽃봉오리가 기적을 약속하던 그 시절을,
골짜기마다 가득했던 꽃들
수없이 꺾어 들고 다니던 그 시절을.
난 천둥벌거숭이였지만 마음은 풍성했다오.
진리를 갈구하며 환상을 즐기던
억누를 수 없었던 그 충동을 돌려주오.
깊은 쓰라림에 찬 그 행복을,
증오의 힘을, 사랑의 위력을,
내 청춘을 돌려주오!

익살꾼 청춘이라, 이봐요 친구님, 그게 필요한 때는
전장에서 적군이 몰려오거나,
아주 귀여운 아가씨가 당신 목을
끌어안고 매달리려 하거나,
달리기 경주에서 승리의 월계관이
도달하지 못할 것 같은 먼 결승점에서 손짓하거나,
돌풍처럼 격렬하게 춤을 추고 나서
며칠 밤 술잔치로 녹아떨어질 때라구요.
그러나 익숙한 현악기에
우아하고 자신 있게 손대는 일은,
스스로 정한 목표를 향해서
유유자적 값진 방황을 즐기는 일은
바로 당신들 노련한 어르신들의 의무지요.

그래서 우린 어르신들을 젊은이 못지않게 존중하지요.
늙으면 어린아이처럼 철이 없어진다 하지만
천만에요, 나이 먹을수록 진짜 어린아이가 된답니다.

단장 이바구는 충분히 했으니
이젠 제발 행동도 보여주게!
서로 간보느라 줄다리기 그만하고
뭔가 쓸 만한 일을 해야 하지 않겠나.
기분이 어쩌네 저쩌네 떠들어 봐야 무슨 소용이 있겠나?
망설이는 사람한테서는 아무것도 얻을 수 없지.
자네가 이왕 시인이라고 자처하며 나섰으니
시를 지휘하게.
우리가 원하는 건 자네도 알지 않나.
독주 한번 마셔보자는 거 아닌가.
자, 뜸들이지 말고 어서 술을 빚어보게!
오늘 안 되는 일은 내일도 안 되는 법,
그러니 하루라도 허비하면 안 되지.
결단할 수 있는 것부터 당장
시작하게.
마음먹은 일을 덮어두지는 않을 테고,
그러면 계속 그 효과가 나기 마련이라네.

자네들도 알다시피 우리 독일에서는 누구나 연극 무대에서
자기 능력을 시험해 볼 수 있네.

그러니 이번에는 날 위해서
무대 배경이든 장비든 아끼지 말고 마음껏 해보게나.
햇빛 장치 달빛 장치 다 쓰고
별빛 장식 따윈 물 쓰듯 써도 좋으네.
물이든 불이든 절벽바위든
짐승이든 새든 없는 게 없다네.
그러니 이 작은 널빤지 무대에다
창조의 온 영역을 펼쳐놓고
빠른 속도로 의미심장하게 지나가세,
천국에서부터 이 세상 지나 지옥에까지.

천상의 서곡[1]

주님, 천사의 무리, 나중에 메피스토.
세 천사 앞으로 나온다.

라파엘 태양은 옛 가락 따라
형제 별들과 겨루며 노래 부르고,
정해진 여정
우레 같은 걸음으로 마무리짓네.
아무도 그 묘한 이치 알지 못해도
그 광경 천사들의 힘을 알게 해주네.
헤아릴 수 없이 높은 성업,
천지가 개벽한 첫날처럼 장엄하네.

가브리엘 그리고 빨리, 측정할 수 없이 빨리
찬란한 지구는 돌고 도네.
낙원 같은 밝은 낮과
어두운 밤이 번갈아 오네.
드넓은 바다의 물줄기들
깊은 암벽에 부딪혀 용솟음치고,
언제나 빠르게 돌아가는 천체의 운행 속에서
바다도 바위도 휩쓸려 가네.

미카엘 그리고 폭풍이 앞다퉈 휘몰아치며
바다에서 육지로 육지에서 바다로

성난 파도 일으켜 주위에
오묘한 작용 이루네.
온 세상 휩쓸 듯 번개 번쩍이며
뇌성벽력 뒤따르네.
하오나 주여, 당신의 전령인 우리는 찬미하나이다.
당신이 정하신 일정을, 그 온화한 변이의 조화를.

대천사 셋이 함께 아무도 당신의 그 뜻 알지 못해도
그 광경 천사들의 힘을 알게 해주네.
당신의 그 모든 성업
천지가 개벽한 첫날처럼 장엄하기만 하네.

메피스토 오, 주님 어르신, 또다시 가까이 와주시고,
우리 형편 물어봐 주시고,
전에도 저를 잘 봐주셔서
이렇게 하인배 틈에 끼어 뵙습니다요.
용서하십시오, 저는 말을 점잖게 할 줄 모릅니다요,
이 자리에 계신 분들이 모두 저를 깔보더라도요.
제가 열을 낸다면 분명 웃으시겠죠,
그동안 웃음을 잃어버리시지 않았다면요.
저는 태양이니 천체니 그런 거 모릅니다요.
제 눈에 보이는 건 오직 아우성치는 모습뿐이죠.
지상의 작은 신이라 자처하는 작자들의 꼬락서니란 언제 봐도 여전합니다요.
천지가 개벽한 그날처럼 기기묘묘하죠.

차라리 어르신이 하늘의 빛을 보여주시지 않았더라면
나을 뻔했어요.
그들은 그걸 이성이라 부르며
그 어느 짐승보다 더 짐승처럼 사용하죠.
제가 보기에 사람이란, 아뢰옵기 황송하오나
언제나 날고 날다가 깡충 뛰기도 하고
그러다가 금세 풀 속에 틀어박혀 흘러간 노래 부르는
다리 긴 메뚜기하고 똑같죠.
차라리 계속 풀 속에 누워있으면 좋으련만!
쓰레기더미를 보기만 하면 코를 쑤셔박죠.

주님 자네는 할 말이 그거밖에 없나?
항상 불평만 하러 오나?
지상에는 마음에 드는 구석이 하나도 없단 말인가?

메피스토 없구 말구요, 거긴 예나 지금이나 고약하기 짝이 없죠.
사람들의 비참한 삶은 이루 말할 수 없죠.
저 같은 놈도 괴롭히고 싶지 않을 정도이니까요.

주님 자네 파우스트를 아는가?

메피스토 그 박사님 말씀인가요?

주님 나의 종이니라!

메피스토 그렇군요! 그는 특이한 방법으로 어르신께 봉사하죠.
그 바보가 먹고 마시는 것은 지상의 것이 아니죠.
그는 늘 가슴이 부글대서 먼 곳으로만 치닫죠.
그도 자기가 바보라는 걸 조금은 알고 있죠.

하늘에서는 제일 아름다운 별을,
땅에서는 최고의 쾌락을 맛보겠다는 거죠.
그런데 그게 가까이 있든 멀리 있든
사무친 가슴앓이를 풀어주지 못하죠.

주님 비록 지금은 그가 나한테 혼미하게 봉사하지만
나는 곧 그를 밝은 길로 인도하리라.
묘목이 푸르러지기 시작하면 몇 년 뒤에는
꽃과 열매가 만발한다는 것을 정원사는 아느니라.

메피스토 내기 할깝쇼? 어르신이 그를 잃게 만들죠.
허락만 하시라구요,
그 자를 내가 가는 길로 슬쩍 빼낼 테니까요!

주님 그가 지상에 사는 동안에는
자네가 무슨 짓을 해도 개의치 않겠네.
사람이란 노력하는 만큼 방황도 하기 마련이니까.

메피스토 고맙습니다요 어르신, 소생 죽은 놈을 다루는 건
좋아하지 않거든요.
소생이 제일 좋아하는 건 싱싱하고 오동통한 볼따귀죠.
그래서 죽은 송장이 찾아오면 아예 집에 없는 척 하죠.
쥐 갖고 노는 고양이 식이 소생의 일이옵죠.

주님 그럼 좋다, 마음대로 해보게!
그의 혼을 그의 근본에서 떼어내
자네 손으로 잡을 수 있다면
어디 한번 자네의 길로 끌어내려 보게나.

허나 결국에는 무안해 하면서 고백하고 말걸,
올곧은 사람은 어두운 충동에 빠지더라도
올바른 길을 이탈하지 않는다는 것을.

메피스토 알았어요! 그러나 그게 오래 가지 않는 게 문제죠.
저는 이 내기에서 걱정할 게 하나도 없습니다요.
제 계획을 실현하는 날
승리의 나팔을 마음껏 불어도 좋다고 허락이나 하시죠.
그놈은 흙먼지를 처먹을 테구요, 그것도 신나게 말예요.
내 아주머니인 그 유명한 뱀처럼.

주님 그렇더라도 네가 하고 싶은 대로 해도 좋다,
나는 너 같은 무리를 한번도 미워한 적이 없느니라.
부정을 일삼는 정령들 중에
그래도 짓궂은 장난꾼이 덜 부담스럽지.
사람이 하는 일은 너무나도 쉽게 맥이 빠져
자칫하면 무조건 멈춰버리지.
그래서 내가 사람에게 동반자 하나를 기꺼이 붙여주는 거라네,
동반자로서 그를 자극하고 작용시켜 그의 창조 활동을
  돕는 악마 역할을 하라고. ―
그러나 진정한 천상의 아이들[2]인 너희는
활기 넘치고 풍성한 아름다움을 즐기거라!
영원히 살아서 활기 돋구는 생성의 힘이
울타리되어 감미롭게 너희를 감싸주리니
어슴푸레한 현상 속에서 떠도는 것을

한결같은 사상으로 굳건히 다지거라.

하늘은 닫히고 대천사들은 흩어진다.

메피스토 (혼자서)

저 노인 가끔 만나는 건 싫지 않단 말야,
그래서 내가 관계 유지하려고 신경쓰지.
저렇게 지체 높은 영감이 기특하단 말야,
저렇게 사람답게 굴며 악마하고 대화를 나누니.

비극 제1부

밤

높고 둥근 천장에 좁은 고딕식 방.
파우스트, 자기 책상 앞에 초조하게 앉아있다.

파우스트 난 이제 악! 철학도
법학도 의학도,
그놈의 신학까지도
샅샅이 공부했다, 열과 성을 다해 뼈가 부서지도록.
그런데 지금 내 꼴은 불쌍한 바보!
전보다 나아진 게 없다.
석사네 박사네 하며
십 년 가까이 학생들 코를 잡고
위로 아래로 좌우로
흔들어댔으나
대체 뭘 알았다는 말인가!
정말 가슴이 터질 것만 같다.
허기사 박사니 석사니, 문사니 신부니 하는
멍청이들보다는 낫지. 신을 의심하거나 교리에 어긋난 언행으로
큰 일 당하면 어쩌나 우물쭈물하지는 않는다는 말이다,
지옥이나 악마 따위는 두렵지 않다는 말이다.
허나 나에게는 삶의 기쁨이 없지 않은가.
무엇 하나 제대로 안다고 할 수 있는가,

누군가를 가르칠 자격이 있는가,
누군가를 인도하고 선도할 자격이 있는가.
나에게는 돈도 없고 땅떼기도 없다,
명예도 영화도 없다,
정말 개만도 못한 팔자다!
그래서 나는 마법에 날 맡기기로 했다,
혹 신령께
무슨 비법이라도 듣지 않을까 해서.
더는 진땀 흘리며
나도 모르는 것을 지껄이지 않으려고,
이 세계의 핵심을
알고 싶어서,
모든 원동력과 그 씨알을 똑똑히 알고 싶어서,
더는 말장난에 매달리지 않으려고.

오, 둥근 달아, 네가 이 고통 내려다보는 게 제발
마지막이기를.
구슬픈 벗아, 그 많은 밤을 이 책상 앞에서
뜬눈으로 지새우는 나에게 다가온 너,
이 책더미 위로 서류더미 위로 비춰온 너,
아, 저 높은 산등성이에서
어슴푸레하게 비춰오는 네 품에 안겨
동굴가에서 신령들과

노닐 수 있다면.
어스름한 너의 빛에 감겨 저 넓은 들판
너울너울 거닐 수 있다면,
온갖 지식의 매연에서 벗어나 너의 영롱한 이슬로
이 몸 말끔히 씻어낼 수 있다면!

젠장! 그런데 나는 아직도 이 감옥에 처박혀 있지 않은가!
빌어먹을, 어스레한 달빛마저 채색창 거쳐서야
겨우 스며드는
이 눅눅한 벽.
좀먹고 먼지 뒤집어쓴 채
천장까지 치쌓인 이 책더미,
연기에 그을린 종이 쪽지들,
사방에 널부러져 있는 유리병들,
실험도구 쑤셔넣은 상자들,
대대로 내려온 살림살이들,
이것이 너의 세계다! 이것도 세계란 말이냐!

그래 아직도 모르겠느냐?
어째서 네 가슴이 조여오는지를,
어째서 알 수 없는 고통이
너의 명줄을 조여오는지를.
신은 사람을 생동하는 대자연 속에서
살게 하려고 창조했건만, 너를 에워싼 것은

그을림과 곰팡이 핀
짐승 뼉다귀와 해골 들뿐!

달아나자! 먼 나라로 어서 !
이 신비한 책 하나면,
노스트라다무스가 직접 집필한 이 책 하나면
충분하지 않은가 길잡이는?
이 책 하나면 별들의 행로 알 수 있으니
자연이 가르치는 대로 따르기만 하면
원기 솟아나리라.
신령과 신령이 나누는 대화도 알아들을 수 있으리라.
팍팍한 사념으로 이
영묘한 도표[3]를 해석하려는 것은 헛일이로다.
신령들아, 내 곁을 떠도는 신령들아,
내 말이 들리는가, 대답 좀 해다오!

책을 펴고 대우주 도표를 본다.

하! 보기만 했는데 솟구치는 이 기쁨!
내 오관에 넘쳐 흐르네.
신성하고 생생한 삶의 행복감이
혈관 마디마디를 적시는구나!
이 부호들은 신선이 썼을까?
내 가슴 속 번뇌 잠재우고
가엾은 이내 가슴에 기쁨 주는구나.

알 수 없는 작용으로 나에게
자연의 힘 보여주는구나.
나도 신일까? 왜 이렇게 눈 앞이 환해질까?
이 순수한 필치 하나 하나마다에 생동하는 자연이
펼쳐지는 것 같구나, 내 영혼 앞에서.
이제야 알겠도다, 현자[4]의 말씀을.
"신선의 세계가 닫힌 게 아니다.
너의 사념이 갇힌 것이다, 너의 가슴이 죽은 것이다.
일이나라 학도야, 씻어내라 말끔히,
세진에 덮인 가슴을, 신새벽 햇살에!"

도표를 자세히 본다.

모든 게 얽히고 얽혀 전체를 엮어내는구나.
하나의 개체가 다른 개체 안에서 작용하며 움직이는구나.
하늘의 기가 위로 아래로 오가며
황금 두레박을 주고받는구나!
축복의 향기 나부끼며
하늘과 땅으로 스며들고
만물의 소리 조화롭게 온누리에 펴져 울리네!

장관이로다! 그러나 아! 하나의 장관에 불과할 뿐!
무궁한 자연아, 어디서 너를 잡아볼 수 있을까?
너의 젖가슴을, 모든 생명의 원천인 너를?
팍팍한 이내 가슴 그리로 쏠리는데 –

샘물 솟구쳐 온누리 적시는데
나는 어찌하여 이다지도 목이 마르다는 말인가?

　　못마땅한 듯 책장을 넘겨 지신의 도표를 본다.

아주 다르구나, 이 도표는!
땅의 신령아, 나에게는 네가 더 가깝구나.
벌써 기운이 솟는 것 같다,
벌써 새 술로 몸이 달아오르는 것 같다.
한바탕 세상에 뛰어들어
땅의 고통 땅의 기쁨 짊어메고
폭풍처럼 사방으로 내달리고 싶다.
우지끈 배가 부서져도 좋다.
내 머리 위로 먹구름이 몰려오네 ―
달빛이 사그라드네 ―
등불도 꺼진다!
자욱한 안개! ― 한줄기 빛이 번쩍인다,
내 머릿가에 ― 천장에서 돌풍이 일어
날 내려친다!
알았다 너로구나, 내가 갈망하던 땅의 신령이
나의 주변을 맴도는구나.
드러내라 모습을!
하! 가슴이 찢어질 것 같다!
오장육부 모두 뒤집혀
새로운 기로 채워지는 것 같다.

나의 마음은 온통 너에게로 쏠린다!
나타나라! 나타나라! 이내 목숨 잃어도 좋다!

책을 들고 신비스러운 소리로 땅의 부호를 읽는다.
꿈틀대는 빨건 불꽃 속에서 신령이 나타난다.

신령 나를 부르는 자 누구뇨?

파우스트 (얼굴을 돌리며)
끔찍한 얼굴!

신령 너는 나를 힘차게 끌어당겨
오래도록 나의 기를 받았다.
그런데 이젠 –

파우스트 아이고! 나는 널 견딜 수가 없다!

신령 너는 날 보고 싶어했다, 내 음성을 듣고 싶어했다,
내 얼굴이 보고 싶다고 숨이 넘어가도록 애원을 했다.
너의 혼이 그처럼 절절하게 간청해서
내 뜻을 굽히고 여기 왔느니라! 그런데 끔찍한 공포가
초인이라는 너를 덮쳤구나!
애지중지 가슴에 품고
우리 신령과 같은 위상으로 끌어올리겠다고 기쁨에 떨며
부풀어 오르던 너의 그 포부는 어디 갔느뇨?
나한테까지 들리게 외치던 그 파우스트는 어디 갔느뇨?
온 힘을 다해 나에게 매달리지 않았더뇨?
나의 입김에 에워싸이자 겁에 질려 등골 속까지 떨며
몸이 구부러져 바짝 움츠린 버러지,

그게 너 아니였더뇨?

파우스트 불길에 불과한 네 모습에 내가 물러설 것 같으냐?
나다, 너와 대등한 존재인 파우스트다!

신령 생명의 물결과 행동의 폭풍 속에서 나는
위로 솟았다 아래로 떨어졌다 하며
이리저리 부딪힌다!
탄생과 죽음,
영원한 바다
엮어내는
작열하는 생명.
이처럼 나는 쏜살 같은 시간의 베틀 앞에 앉아
신령스러운 생명을 짜느니라.

파우스트 드넓은 세계를 떠도는
분망한 신령이여! 나는 너에게 참으로 친밀감을 느낀다!

신령 너는 네가 생각하는 신령을 닮았지
날 닮은 게 아니다!

사라진다.

파우스트 (쓰러지며)
널 닮지 않았다고?
그럼 누굴?
난 신을 닮았는데!
너조차 닮지 않았다니!

문을 두드리는 소리.

빌어먹을! 그래 – 저 녀석은 내 조수지 –
최고의 내 행복을 깨는구나!
환상 같은 이 행복이 저 시들어빠진
능구렁이 때문에 부서지다니!

바그너, 잠옷에 고깔모자까지 쓴 채 등불을 들고 등장한다.
파우스트, 못마땅한 듯 몸을 돌려버린다.

바그너 용서하십시오! 선생님께서 낭송하시는 소릴 들었습니다 –
희랍 비극 맞지요?
저도 그 낭독술을 배워 유리해지고 싶습니다요,
요즘은 그 효력이 대단하니까요.
그 위력이 특별하다는 말 많이 들었지요,
배우가 목사를 가르칠 수 있다 하지 않습니까.

파우스트 그야 그 목사가 배우이기도 하면
그럴 수 있겠지, 가끔은 그런 일도 있겠지.

바그너 하, 우린 항상 연구실에 갇혀있는 몸이라
바깥세상은 쉬는 날이나 겨우 구경하고,
그것도 망원경으로 멀리에서나 보니
세상을 어떻게 설득하며 이끌겠습니까?

파우스트 자네가 직접 느껴보지 못했으면 아무리 애써봤자
헛수고지.
영혼 속에서 솟구치는 게 아니라면
가슴 벅찬 기쁨으로
청중의 심금을 울릴 수 없다네.

밤이고 낮이고 틀어박혀 아교땜질이나 하고,
남의 잔치 찌꺼기로 잡탕이나 끓여대고,
다 식어버린 잿더미 속에서
불기 살리려 애써봐야
어린아이나 원숭이가 감탄할라나.
자네가 그런 일에 흥미를 느낀다면 모르지만 –
아무튼 진정으로 가슴에서 우러나오지 않으면
청중의 마음을 움직일 수 없다네.
바그너 그러나 웅변가의 성공 여부는 연설술에 달렸지요,
제 실력이 형편없다는 건 저도 잘 압니다.
파우스트 성실하게 노력해서 성과를 내야지!
방울소리만 요란하게 내는 광대는 되지 말게!
웬만큼 똑똑하고 마음이 곧으면
재주 부리지 않아도 연설은 절로 나온다네.
하는 말이 참되면 그만이지
미사여구로 꾸밀 필요 있나?
그래 자네들의 그 뻰드르르한 연설문이라는 건
울긋불긋한 색종이로 꾸민 인생 조각이라
가을 가랑잎 사이로 휭휭거리는
안개바람처럼 불쾌하지!
바그너 오, 맙소사! 예술은 길고
인생은 짧습니다.[5]
시시비비 가리려면

머리며 가슴이며 안달병에 걸리기 십상이니
원전까지 거슬러 올라가는 방법을
배우기는 매우 어렵습니다!
절반도 이루지 못하고
죽어야 하는 게 사람의 운명 아닙니까!

파우스트 아니 그 양피지 원전 한 모금이 갈증을 영원히
해결해 주는 성수라더냐?
자네의 정신 속에서 우러나오는 게
아니라면 결정적인 시원함을 얻을 수 없다네.

바그너 허지만 말입니다, 시대의 정신 속으로 들어가
선대 현인은 어떤 생각을 했고,
우리는 그걸 얼마나 훌륭하게 발전시켰는지
살펴보는 것은 큰 즐거움이지요.

파우스트 암 그렇고 말고. 하늘에 떠있는 별에까지 가닿을
발전이겠지!
여보게, 지나간 시대란 우리에게
일곱 겹으로 봉해진 비밀스러운 책일세.
자네들이 시대정신이라 부르는 것 따지고 보면
그렇게 가르치는 양반들의 정신이고,
그 속에 각 시대들이 반영된 걸세.
그래서 딱한 일을 종종 보지!
사람들이 그걸 본다면 달아날 걸세.
그건 쓰레기통이거나, 잡동사니 쌓아놓은 골방이거나,

그럴듯하게 꾸며
꼭두각시들 입에나 맞을 문장 곁들인
역사극 따위일 테니까.

바그너 하지만 이 세계를! 인류의 정신과 심성을!
다들 인식하고 싶지 않겠습니까.

파우스트 그래 인식 인식 하는데 그게 문제지!
누가 갓난아기의 진짜 이름을 부를 수 있겠나?
뭔가 눈치챈 몇 안 되는 사람이
어리석게도 그 벅찬 비밀을 지키지 못하고
자신의 감정을, 자신이 본 것을 천민들에게 떠벌려
십자가에 못박히고 화형당하지 않았나.
자, 미안하지만 밤도 깊었으니
오늘은 그만 해야겠네.

바그너 저는 안 자고 계속
선생님과 학문 얘기를 하고 싶습니다만,
부활제 첫날인 내일에 대해서 한두 가지만
여쭙겠사오니 허락해 주십시오.

혼잣말 투로.

지금까지 나는 열심히 공부해서
아는 것이 많지만 모든 걸 다 알고 싶습니다.

퇴장.

파우스트 (혼자서)
어찌해서 저 머릿속에서는 그 욕망들이 사라지지 않을꼬.

계속 헛것에 매달려
탐욕스러운 손으로 보물을 파내려다
지렁이를 찾아내고는 좋아라 날뛰는구나!
신령들 기가 나를 감싸던 이곳에서
저런 작자의 말을 듣다니.
그러나 아! 이번만은 네가 고맙구나.
이 세상 사내 중에서 제일 딱한 놈이
오관이 망가질 듯한 절망에서 날 구해줬구나.
아! 내 앞에 나타난 그 모습이
얼마나 큰지
난 난쟁이가 된 것 같았다.

신의 모습 본따 태어난 나이건만, 나 이미
영원한 진리의 거울 앞에 가까이 왔다고 생각했건만,
하늘의 광명 속에서 즐기며
이 세상 껍데기를 훌훌 벗어던진 느낌이었건만,
케룹[6] 천사보다 출중한 나의 호연지기는
이미 자연의 혈맥 속으로 흐르고 흘러
창조적으로 활동하면서 신선의 삶을 즐기라고
예감까지 했건만, 이런 꼴을 당하다니!
날벼락 같은 한마디에 혼비백산하다니.

감히 너와 대등하게 맞서려 하면 안 된다!
너를 이끌 힘은 있지만

너를 붙잡아 둘 힘이 없는 것이다.
그 황홀했던 순간 나는
내가 너무나 작게 너무나 크게 느껴졌다.
너는 날 잔인하게 밀어내
어떻게 될지 모를 운명으로 되돌려 놓았다.
누가 나한테 가르쳐 주랴? 나는 무엇을 피해야 하나?
저 강렬한 충동을 따라야 하나?
아! 우리가 하는 행위 자체가 우리가 겪는 고난처럼
우리 생명의 흐름을 막는구나.

우리의 정신이 황홀경에 이르더라도
항상 다른 요소가 끼어든다.
이 세상에서 좋다는 것 얻으면
더 좋은 것은 기만이요 허상이라 하고,
우리에게 생명을 준 그 황홀함도
복잡한 속세에 묻혀 사라져 버린다.

평소에는 웅장한 날개 펴서
영원의 경지까지 희망차게 넘나드는 상상력도
시간의 소용돌이 속에서 차례로 무너지면
작은 공간으로도 만족해 버린다.
그러면 시름이 가슴 깊이 둥지를 틀고 앉아
원인 모를 아픔을 만들고,
이리저리 불안감 들쑤셔 의욕도 안정도 다 망쳐버린다.

시름은 언제나 새로운 탈을 쓰고 다가온다,
집과 땅뙈기로, 마누라와 자식으로,
불과 물로, 비수와 독약으로.
시름은 기우에 지나지 않은 일로 온몸을 떨게 하고,
절대 잃을 리 없는 것을 잃어버릴까 가슴 조이게 한다.

신령들하고 다르다! 난 그걸 뼛속 깊이 느꼈다.
버러지 같은 것이다. 먼지더미 파헤치는,
흙먼지 먹으며 살아가는,
나그네 발에 밟혀 죽을 버러지.

이 높은 벽을 수백 칸으로
갈라놓고 내 목을 조이는 이것들은
다 흙먼지 아니더냐.
온통 좀벌레 뒤집어쓴 잡동사니들,
나더러 이 속에서 필요한 걸 찾아보란 말이냐?
이 수천 권 속에서 사람이란 어디서나 고생하기 마련인데
간혹 행복한 사람도 있었다는
따위를 읽고 있으란 말이냐? —
이 텅 빈 해골놈아, 뭘 그리 비웃듯이 쳐다보느냐,
네놈의 골도 한때는 나처럼 갈피 못 잡고
편안한 날 찾다가 진리 추구한답시고 어둠 속에서
길을 잃고 온갖 고생하며 헤매었다 — 그 말이지?
너희 실험 기계들도 날 비웃겠지,

내가 문 앞에 섰을 때 수레바퀴, 톱날바퀴, 압축장치, 손틀장치
너희가 열쇠 노릇을 했어야 하는데
너희 생김새는 꽤나 복잡해도 빗장을 열지는 못하잖냐.
자연은 눈이 부신 대낮에도 비밀에 싸인 채
자신의 너울은 벗기지 못하게 하고
나에게 내보이려 하지 않는데
지렛대나 나사로 억지로 열 수는 없는 일.
나한테는 아무짝에도 소용없는 낡아빠진 기계들아,
넌 다만 내 아버지가 쓴 덕분에 여기 있는 거다.
그리고 너, 양피지 뭉치는
이 책상 위에서 가늘게라도 등불이 타는 한 연기에 그을리겠지,
이런 쓰잘 데 없는 것들에 짓눌려 진땀 빼지 말고
진작에 다 팔아없앴다면 좋았을 것을!
조상 대대로 내려온 것을 자기 것으로 만들려면
하나하나 스스로 터득해야
하는 법이거늘,
쓰지 않으면 짐이 될 뿐이거늘,
그때 그때 터득한 것만이 유용하거늘.

그런데 왜 자꾸 내 눈길이 저리로 가지?
저 작은 약병이 내 눈을 잡아끄는 자석이란 말인가?
갑자기 왜 이렇게 훤해질까?
마치 캄캄한 숲 속에 달빛이 비치는 것 같네.

그동안 잘 있었나, 둘도 없는 나의 피올레[7]야.
나 이제 경건한 마음으로 너에게 인사하며 널 집어내리련다.
네 속에 든 인류의 재치와 기술에 경의를 표한다.
황홀한 잠에 빠지게 하는 약물 중에서도 약물아,
묘한 죽음의 기를 빼내 빚은 묘약아,
네 주인에게 은혜를 베풀어다오.
너를 보니 아픔 덜어지고,
너를 붙잡으니 의욕이 줄어들고
정신의 물결이 썰물처럼 서서히 뒷걸음치는구나.
나는 바다 한가운데로 밀려나가고,
거울처럼 반짝이는 물결 내 발치에서 빛이 나고,
새로운 날이 새로운 언덕으로 날 유혹한다.

불수레가 훨훨 타올라 불기둥 이루며
나에게 다가온다! 난 준비를 끝냈다,
새로운 궤도에 올라 창공을 뚫고
순수하게 활동할 신천지로 들어갈 마음의 준비를 끝냈다.
이 드높은 삶을, 이 신령스러운 희열을,
아직 벌레에 불과한 네가 향유할 자격 있는가?
그래, 이 정든 태양의 땅을 무모하게
등지고 돌아서 보거라!
누구든 슬금슬금 피해 가는 좁은 문을
대담하게 열어제껴 보아라.

바로 지금이 행동으로 증명할 때다.
사내대장부는 신령이 사는 높은 봉우리 피하지
않는다. 한번 들어서면 온갖 상상으로
자신을 괴롭히는 저 시커먼 동굴 앞에서 떨지 않는다.
온통 지옥의 불로 뒤덮인
좁은 문 뚫고 시커먼 길로 돌진하련다,
희망찬 마음으로 첫걸음 내디디련다,
설혹 허무 속으로 빠질지라도.

자, 나오너라 맑디맑은 수정 술잔!
나는 널 여러 해 잊고 있었구나.
이 낡은 상자!
조상 대대로 잔치 때면 빛이 나던 너,
차례대로 너를 돌리면
근엄한 손님들도 흥겨워라 했지.
문양 아로새겨진 그 화려함,
그것을 운에 맞춰 한마디씩 읊고
단숨에 잔을 비우는 게 주객들 의무였지,
어린 시절 그 술자리 밤이 생각나는구나.
난 이제 널 이웃에 돌리는 것도 아니고,
네 문양에 즉흥시로 나의 재치를 자랑하려는 것도 아니다.
이건 사람을 빨리 취하게 하는 액체,
갈색 액체가 너의 창자를 채우리라.

내가 만들어서 내가 선택한
이 마지막 술 한잔을 정성 다해서
경건하게 인사 올리노라, 아침을 향해!

술잔을 입에 댄다.
종소리와 합창소리.

천사들의 합창
그리스도 부활하셨네!
영생할 수 없는 자에게 기쁨 있으라.
슬며시 파고들어 파멸시키는,
대대로 이어온 결핍에 얽매인
그대에게.

파우스트 저 깊은 맥놀이가, 저 맑은 소리가
나의 입술에서 강제로 잔을 떼내려 하는가?
묵직한 너희 종소리가 벌써
부활절 축제 첫 시간을 알리는가?
너희 합창은 벌써 저 위로의 노래 부르는가?
그 옛날 그 무덤, 그 밤에 천사들 입에서 들려오던
그 확신에 찬 새로운 약속[8]을?

여인들의 합창
향유로 그분의 몸
우리가 닦아드렸네.
그분께 충실한 우리
그분을 눕혀드렸네.

정갈한 천과 끈으로
싸아드렸네.
아! 그런데 우리 님 그리스도
여기 안 계시네.

천사들의 합창

그리스도 부활하셨네!
사랑 베푸는 이에게 축복 있으라.
힘겹지만 고통 씻어주며
온갖 시련 다 이겨낸 이에게
축복 있으라!

파우스트 이렇게 힘차게 이렇게 부드럽게
너희 하늘의 소리, 어찌하여 먼지 속에서 사는 나를 찾느뇨?
심성이 여린 사람들[9] 곁에서나 울릴 것이지.
복음이 들려온다만 나에게는 믿음이 없다,
기적이야 믿음의 제일 귀여운 자식이지.
감히 저 황홀한 복음이 울리는 영역으로
가려 애쓰는 건 아니다.
하지만 이 소리 어릴 때부터 익숙하고
지금도 나를 생명에로 오라 부르는구나.
전에는 엄숙한 안식일에
하느님 입맞춤이 나에게 내렸는데,
그때는 그 종소리 울리면 가슴이 뿌듯해지고,
기도 올리고 나면 가슴이 상쾌해졌지.

알 수 없는 그리움에 이끌려
숲이며 들판이며 쏘다녔지.
한없이 뜨거운 눈물 흘리며
날 위해 한 세계가 솟아남을 느꼈지.
저 노래 들으며 즐겁게 놀던 젊은 시절이,
봄축제 만끽했던 행복이,
그 추억이 날 소싯적 감정으로 이끌어
엄숙한 발걸음을 멈추게 하는구나.
오, 울려퍼져라 계속. 감미로운 하늘의 노래여!
눈물이 솟는구나, 땅이 다시 날 구했구나!

사도들의 합창

땅에 묻히신 분,
생전에 숭고하셨던 분,
영화롭게 하늘나라로
오르셨네.
결실을 즐기시면서
창조의 기쁨 누리셨네.
아! 서글프게도 우린 아직
이 땅에 남아있네.
애통해 하는 우릴 주님은
여기 남겨놓으셨네.
아! 우린 통곡하며
당신의 복락 비네.

천사들의 합창

그리스도 부활하셨네.
부패의 품에서 벗어나셨네.
너희도 기쁨으로
세상의 굴레 끊어던져라!
행동으로 주님 찬양하는 이,
사랑 베푸는 이,
형제처럼 음식 나누는 이,
거리에서 전도하는 이,
복음 전하는 이,
너희 곁에 주님 계시고
너희 위해 주님 계신다!

성문 앞

각양각색의 사람들이 성문 밖으로 나간다.

몇몇 견습공 왜 그쪽으로 가냐?
다른 견습공들 사냥꾼 집으로 가려고.
처음 견습공들 우린 물레방아 쪽으로 갈건데.
한 녀석 너희도 호숫가 집으로 가는 게 좋을걸.
두 번째 녀석 그쪽은 재미 없어.
다른 패 견습공들 야! 뭐하는 거야 니?
세 번째 녀석 난 저쪽에 낄래.
네 번째 녀석 산성 마을로 가자. 거긴 분명히
여자애들도 예쁘고 맥주도 맛있을 거야.
치고박기도 제대로 할 수 있고 말야.
다섯 번째 녀석 짜식, 넌 힘이 남아도는 모양이구나.
세 번째 털갈이 하고 싶어 몸이 근질근질하냐?
난 그리로 가기 싫다, 거긴 끔찍하거든.
하녀 싫어 싫어 난 시내로 돌아갈래.
다른 하녀 그 사람 분명히 그 버드나무 밑에 와있다니까.
처음 하녀 그래 봤자 나한테 좋을 게 뭐람.
그 사람은 네 곁에만 붙어서 걷고,
놀이판에 가서도 너하고만 춤출 텐데
너야 신이 나겠지만 나는 뭐냔 말야!

두 번째 하녀 오늘은 분명히 혼자 오지 않을 거야.
그 곱슬머리도 같이 온다고 했거든.

학생1 야, 저 계집애들 봐라, 저 야무진 걸음걸이하고!
형, 빨리 좀 와! 재들하고 같이 가게.
톡 쏘는 맥주, 콱 쏘는 담배,
예쁘게 모양낸 계집애들, 정말 내 취향이야.

여염집 처녀1 저 잘생긴 남자애들 좀 봐!
정말 못 봐주겠다!
사귈 수 있는 애들이 줄을 섰을 텐데
저런 하녀들 꽁무니나 쫓아다니다니!

학생2 (학생1에게)
너무 빨리 가지마! 저 뒤에
두 명이 오고 있어, 차림새도 그렇고 제법 삼삼하네.
한 명은 우리 이웃집 애야,
내가 반한 애지.
저렇게 얌전빼며 걷지만
결국은 우리랑 놀아줄 거야.

학생1 형, 그만해! 난 점잖은 척 하기 싫어.
빨리 와! 다 잡은 고기 놓치겠네.
토요일날 빗자루 잡아본 손이라야
일요일날 남자들 제대로 주물러 주지.

시민1 정말이지 마음에 안 들어요, 그 새 시장이라는 작자!
글쎄 시장이 되더니 더 거만을 떨잖아요.

대체 그가 시를 위해 뭘 했습네까?
갈수록 나빠지지 않습네까?
전에 없이 압박만 하고
세금은 더 많이 걷어가고.

거지 (노래)
마음씨 좋으신 어르신네, 아름다우신 마나님네,
의관 제대로 갖추신 님네, 신수 훤하신 님네 들
저를 한번 봐주시고
제 사정을 들어줍쇼!
손풍금 탄 값으로 한푼만 보태줍쇼!
적선 잘 해야 즐겁죠.
모든 사람에게 축제인 이 날은
저한테는 추수하는 날입지요.

시민2 일요일이나 공휴일에는 전쟁이 터져 난리치는
얘기보다 더 재미있는 게 없습네다.
저 위쪽 먼 곳에서 말입네다, 터키란 곳에서 온
종족이 치고받는 것 말입네다.
우리야 창가에 서서 한잔 들이키며
울긋불긋 돛단배들 미끄러져 가는 강물 내려다보다
해질 무렵 기분 좋게 집으로 돌아와
태평세월 축복하면 그만이지요.

시민3 맞습네다! 이웃 양반! 저도 그렇게 생각합네다.
남이야 머리통 깨지든 말든

뒤죽박죽 되든 말든 알 바 아니나
집 안에서만은 예전과 같아야죠.

노파 (여염집 처녀들에게)
아이구 요것들, 예쁘게도 모양냈네!
이러니 누군들 반하지 않겠어? —
헌데 너무 도도하게 굴면 못써! 그 정도면 됐다구!
너희가 바라는 거 내가 해주련?

여염집 처녀1 아가테야, 빨리 가자! 남들이 보는 데서
저런 마귀할멈하고 엉기면 안 돼.
성 안드레아스 날[10] 밤에 미래 남편감을
저 할멈이 보여주기는 했어도. —

여염집 처녀2 나에게도 수정 속에 나타난 남편감을 보여주더라,
군인 같더라구. 억세 보이는 남자가 여럿 나오길래
가는 데마다 만날까 싶어 뒤를 돌아봤지만
나타나야 말이지.

군인들 높디높은 성벽,
뾰죽 솟은 망대,
남자 얕잡아 보는
도도한 계집애들,
정복하련다 나는!
작전은 대담하게
신나는 건 보상!

나팔소리 울리며
우린 전진한다,
즐거운 데 향해서나
죽을 데 향해서나.
이것이 돌진이다,
이것이 인생이다!
여자와 도성
함락해라!
작전은 대담하게
신나는 건 보상!
병사들은 이렇게
돌진한다.

파우스트와 바그너.

파우스트 청청하고 생기 넘치는 봄의 눈길 닿아
냇물이며 강물이며 얼음에서 풀려났구나.
골짜기에는 희망에 찬 행복이 푸르러 오고
늙은 겨울은 힘이 빠져
험한 산 속으로 물러나버렸다.
겨울은 겨우 도망치며
얼음바람 비에 맥없이 싸라기 날리며
푸르러 오는 들판 위에 줄무늬를 그린다.
그러나 태양은 흰 것을 용납하지 않으니
돋아나고 솟아나는 모든 생명에

갖가지 빛깔로 활기 불어넣으려 한다.
그런데 이 근방에는 아직 꽃이 피지 않아
태양이 온갖 색으로 꾸민 사람들을 선택했구나.
이 높은 언덕 위에서 몸을 돌려
성 안쪽을 보라.
움푹 패인 시커먼 성문에서
각양각색 인파가 몰려나온다.
누구나 오늘만은 햇볕을 받으려는 거다.
그들은 주님의 부활을 기뻐하지만
그것은 그들 자신이 부활했기 때문에 기쁜 것이다.
야트막한 집들에서 침침한 방들에서,
온갖 일거리 장사거리 굴레에서,
서까래 기왓장 들 내려앉는 두려움에서,
철벅철벅 진창길 좁은 골목에서,
엄숙한 교회의 어두움 속에서
모두 밝은 빛으로 나온 것이다.
보라! 저걸! 사람들이 얼마나 재빠르게
떼지어 밭이며 들판을 가로질러 가는가를.
넓고 기다란 저 강물 위에는
수많은 놀잇배들 희희낙낙 넘실대고,
가라앉을 듯 사람 잔뜩 태우고
저기 마지막 나룻배 떠나가고,
저 멀리 산 속 오솔길에도

울긋불긋 옷들이 어른어른대네.
마을은 벌써 들썩들썩하네,
여기야말로 민중의 천국이로다.
어른 아이 할 것 없이 다들 즐거워하는구나.
여기선 나도 사람이다, 여기선 나도 사람 노릇할 수 있다!

바그너 박사님, 박사님과 함께 산책을 하다니
큰 영광이요, 배우는 것 또한 많습니다요.
그러나 저 혼자 있었다면 이런 데서 헤매진 않을 겁니다.
저는 쌍스러운 것은 질색이니까요.
양금소리, 장사꾼들의 고함소리, 공굴리는 소리
정말 지겹습니다.
그들은 도깨비에 홀린 것처럼 날뛰며
그걸 재미있다 하고 그걸 노래라 합니다요.

농부들 보리수 밑에서 춤추며 노래한다.

목동이 춤추러 가려고 단장했네.
울긋불긋 윗도리에다 허리띠에 꽃다발에
멋지게 차려입었구나.
보리숫가에 잔뜩 사람 모였네.
모두 미친 것처럼 춤을 추네.
유혹해! 유혹해!
하잇사 하잇사 헤!
이렇게 깡깽이 소리 메아리치네.

허둥지둥 목동이 뛰어드네,
얼떨결에 팔꿈치로
한 아가씨 밀쳐버렸네.
팔팔한 그 아가씨 획 돌아보더니
아니 뭐하는 거예요!
유혹해! 유혹해!
하잇사! 하잇사 헤!
예의 좀 차리세요.

그래도 날렵하게 돌며
왼쪽으로 오른쪽으로 둥실둥실 춤을 추네.
옷자락은 날아갈 듯 펄럭이고
얼굴은 발개지고 몸은 뜨거워지네.
그래서 팔에 팔을 끼고 선 채 호흡을 조절하네.
유혹해! 유혹해!
하잇사! 하잇사! 헤!
어느새 허리 팔꿈치에 닿았네.

그러나 제발 다정한 척은 하지 마세요!
얼마나 많은 남자가 자기 약혼녀를
속이고 속였나요!
그런데도 살살 비위 맞춰가며 그녀를 구워삶네.
멀리 보리수 쪽에서는 노랫소리 들려오네.
유혹해! 유혹해!

하잇사! 하잇사 헤!
시끌벅적 고함 소리 깡깽이 소리.

늙은 농부 아이구 선생님 고맙습니다.
미천한 저희 마다하시지 않고
대학자이신 선생님께서 이렇게
천한 것들 들끓는 곳에 오시다니요.
어서 이 술잔 받으십시오,
새로 담근 술입지요. 잔도 제일 좋은 거구요.
자, 이 술 드시고 목도 축이시옵고
잔 속 술방울만큼이나
오래오래 사시길 소리 높여
기원하옵니다.

파우스트 이 시원한 술, 여러분께 감사합니다.
여러분의 축복을 빌며 잘 마시겠습니다.

주변으로 농부들이 모여들어 원을 친다.

늙은 농부 정말이지 잘 하셨습니다.
이 기쁜 부활절날 나오시다니!
예전에 저희가 화를 당했을 때
선생님께서 보살펴 주셨습죠!
선친께서는 열병으로
다 죽어가는 사람들을
구해 내시어
지금도 살아있는 이가 많습죠.

그때 선생님께서는 젊으셨는데
환자들 집집마다 찾아가셨습죠.
많은 사람이 죽어 업혀나갔지만
선생님은 무사히 돌아오셨습죠.
정말 어려운 고비 많이 넘기셨습죠.
하늘이 선생님을 구해 주신 겁니다.

일동 우릴 위해 늘 애쓰시는 선생님이 장수하셔서
오래오래 저희를 살펴주십시오!

파우스트 저 하늘에 계신 분께 감사드리십시오.
그분이 그 길을 알려주시고 도와주시는 겁니다.

바그너와 함께 걸음을 옮긴다.

바그너 선생님은 참으로 위대하십니다, 저렇게 많은 사람에게
존경을 받으시니 얼마나 기쁘십니까!
자기 능력으로 이런 상황을 만드는
사람은 얼마나 뿌듯할까!
아비는 자식에게 선생님을 가리키고,
사람들은 어느 분이 선생님이냐고 물으며 밀치고 달리고,
양금소리도 그치고 춤추던 이들도 멈추고
선생님이 가시는 길 따라가며
양쪽으로 늘어서서 공중으로 모자를 던지고
마치 성체행렬인 듯
모두 무릎을 꿇기라도 할 것 같군요.

파우스트 조금만 더 올라가면 저 바위가 나온다네,

거기서 좀 쉬어 가세.
난 자주 거기서 혼자 앉아 생각에 잠겼었지.
기도도 드리고 단식도 하며 날 괴롭혔다네.
원대한 희망과 확고한 믿음을 갖고,
눈물도 흘리고 한숨도 쉬고 두 손 비벼가며
하늘에 계신 주님께 애원하면
그놈의 흑사병을 뿌리뽑을 수 있다고 믿었지.
저들의 칭찬이 나에게는 야유처럼 들린다네.
오, 자네가 내 마음을 어찌 알겠는가,
내 아버님과 나는 그런 칭찬을 들을 만한
일을 한 게 없다네!
내 아버님은 흑마술[11]을 하시는 군자셨다네.
자연에 대해서, 신령한 자연의 운행에 대해서
성실하게 그러나 당신 방식대로
머리 쥐어짜며 생각에 몰두하셨지.
연금술사들과
컴컴한 부엌에 틀어박혀
수많은 처방에 따라
성질이 다른 것들을 합쳐보려 섞어넣었지.
그때 대담한 구혼자 붉은 사자[12]가
미지근한 욕탕에서 나리꽃과 짝을 지으면
둘을 끌어내 불로 지지고
딴 신방으로 계속 들어옮기며 괴롭혔지.

그런 다음 오색찬란한 젊은 여왕이
유리 속에 나타나면
그것이 구하던 약인 줄 알았는데 환자들은 죽어갔다네.
그 약 먹고 나은 환자 있냐고 묻는 사람 한 명도 없었네.
우린 이렇게 병을 고친답시고 사람 죽이는 약 싸들고
이 마을 골짜기마다 산 속마다
흑사병보다 더 무서운 해악을 끼치며 날뛰고 다녔다네.
나 그 독약을 수천 명에게 줬는데
그들은 모두 말라죽고 난 이렇게 살아
칭송까지 듣다니.

바그너 어찌 그런 걸 고민하십니까요!
물려받은 기술을 한치도 어김없이
때에 맞춰 쓰기만 하면
훌륭한 사람이 할 일 다한 것 아닙니까?
젊은 시절 자기 아버지를 존경한 사람은
아버지 것을 기꺼이 물려받고
어른이 돼서 학문을 쌓으면 그것을 아들이 물려받아
더 높은 목표에까지 이를 수 있지요.

파우스트 오, 이 오류투성이 바다에서 헤어날 수 있다고 아직도
믿는 자 행복할지고!
우리가 모르는 것 그것이 바로 우리에게 필요한 것이고,
우리가 아는 것은 모두 쓸데없는 것들이다.
그러나 이 좋은 시간을

그런 침울한 생각으로 망치지 마세!
보게나, 저 타오르는 저녁노을 속에서
푸르른 숲에 둘러싸인 오두막들이 빛나는 것을.
이제 해는 기울어 넘어가고 하루가 끝나는구나,
해는 저쪽으로 달려가 새로운 삶을 재촉하겠지.
오, 나에게 날개가 있어 이 땅 위로 떠올라
저 해를 따라 언제까지라도 갈 수 있다면
얼마나 좋으랴! 그러면 나는 영원히 저녁노을 속에
조용히 누워 세상을 내려다 보리라.
불타는 산봉우리와 골짜기마다 잠든
은실 같은 시냇물들 황금색 강물과 합쳐지는 것을.
수많은 계곡 품은 저 험한 산도
신선 같은 나의 행로 막지 못하리.
벌써 항만은 포근한 곡선 드러내며
바다를 놀라워하는 내 눈 앞에 나타난다.
허나 태양의 여신은 완전히 사라진 것 같은데
나는 새로운 충동으로 계속 달려나간다,
여신의 영원한 빛 들이마시려 달려나간다.
눈 앞에서는 날이 밝아오고 등 뒤에서는 밤이 오고,
머리 위에는 하늘이 발 밑에는 파도가
아름다운 꿈이로다. 그러는 사이 태양은 지고
아! 이 영혼의 날개에 어울리는
육체의 날개가 없구나.

하지만 종달새들 우리 머리 위 푸른 하늘 속으로 사라져 가며
신나게 노래하고,
치솟은 가문비나무 위 멀리
날개 펼친 독수리 맴돌고,
들판 건너 바다 건너
고향 찾아가는 두루미들 보면
우리 감정도 솟구쳐 앞으로 달려나가기 마련.
이건 누구나 타고난 천성일 것이다.
바그너 저도 종종 가슴이 답답했습니다만
그런 충동은 아직 느껴보지 못했습니다.
숲이든 들판이든 금방 싫증이 나서
저는 새의 날개 따위는 절대 부러워하지 않을 겁니다.
그러나 책 한 권 한 권, 한 쪽 한 쪽
읽어가는 그 기쁨은 얼마나 새롭습니까!
그럴 때면 기나긴 겨울밤도 정겹게 느껴지고,
축복받은 것 같은 따스한 감정이 온몸을 감싸지요.
그리고 아! 그 귀한 양피지 책을 펴기라도 하면
천국이 온통 나한테로 몰려오는 기분입니다.
파우스트 자넨 한 가지 충동만 아는구먼.
오, 그렇다고 딴 충동은 알려고 하지도 말게!
아! 내 가슴 속에는 영혼이 두 개 있는데
하나가 다른 하나에서 떨어지려 한다네.
하나는 음탕한 애욕에서 떨어져 오장육부에

착 붙으려 하고,
또 하나는 억지로 속세를 떠나
신령한 선조들이 노니는 마을로 올라가려고 한다네.
오, 이 땅과 하늘 사이에 대기를
지배하는 신령들이 떠돈다면
황금빛 안개에서 어서 내려와
날 새로운 세계로, 찬란한 세계로 데려다주오!
그래, 나한테 마법의 외투 같은 것 하나 있으면
그래서 날 낯선 나라로 데려다준다면
아무리 값진 옷을 준다 해도,
임금님 옷과 바꾸자 해도 거절하리라.

바그너 제발 그 악귀는 불러내지 마십시오.
그놈들이 떼를 지어 안개 속에 숨어서
인류에게 온갖 재앙 입히려고
벼른다는 건 다 아는 사실 아닙니까.
북쪽에서는 이빨 날카로운 악귀가
화살촉 같은 혓바닥 휘두르며 달려오고,
동쪽에서 몰려오는 악귀들은
만물 고사시키며 사람 허파 먹어치우고,
남쪽 사막 거쳐오는 악귀들은
사람의 정수리와 이마빡에 화염 쏟아붓고,
서쪽에서 떼지어 오는 악귀들은 처음에는 시원하게 해주나
결국에는 물로 논밭 다 휩쓸어 가고.

그놈들은 사람들이 재앙당한 얘기 좋아하고,
말 잘 듣는 척 하지만 사실은 우릴 속이려 합니다.
마치 하늘이 보낸 자처럼 굴고,
거짓말을 할 때도 천사처럼 속삭이고.
하지만 이젠 가시지요! 어느새 어두워지고
싸늘한 바람과 안개가 덮쳐옵니다!
해가 져야 집의 고마움을 아는 법이지요.
아니 뭘 그렇게 놀랍다는 듯 멈춰 서서 보십니까?
이 어둠 속에서 무엇이 그리도 마음을 잡아끈다는 말입니까?

파우스트 저 검정개가 보이느냐? 새싹과 그루터기 사이에서
맴도는.

바그너 아까부터 봤는데 대수롭지 않게 생각했죠.

파우스트 잘 보게! 자넨 저 짐승이 뭐 같은가?

바그너 삽살개요. 제 천성대로 주인이 간 길을
찾느라 킁킁대는군요.

파우스트 안 보이나? 저놈이 달팽이처럼 넓게 원을 그리며
우리가 지나온 길을 맴돌며 가까이 다가오는 것이?
내가 잘못 본 게 아니라면 저놈이 지나간 자리에는
불꽃이 소용돌이치며 따라오네.

바그너 제 눈에는 검정 삽살개밖에 안 보이는데요.
선생님이 착각하셨나 봅니다.

파우스트 내가 보기에는 우리와 인연 맺으려고
우리 발에다 슬금슬금 마법의 올가미를 치는 것 같네.

바그너 제가 보기에는 낯선 사람이 둘이나 있어
겁먹고 우리 주변을 맴도는 것 같습니다.
파우스트 원이 작아지는군, 가까이 왔군!
바그너 보세요! 개잖아요, 도깨비가 아니잖아요.
킁킁대고 머뭇대고 배 깔고 엎드리고
꼬리 치고. 다 개가 하는 짓이잖아요.
파우스트 이놈아 이리 와라! 우리랑 같이 가자!
바그너 이 삽살개 하는 짓이 참 기특합니다.
선생님이 걸음을 멈추시면 기다리고,
선생님이 말을 걸면 기어오르려 하고,
선생님이 뭔가 잃어버리시면 가져오고.
선생님 단장 찾으려고 물 속으로도 뛰어들겠는데요.
파우스트 자네 말이 맞는 것 같네. 보아하니 도깨비
기색은 전혀 없군, 훈련만 잘 시키면 되겠네.
바그너 훈련을 잘 시킨 개는
현자의 마음도 사로잡지요.
이 녀석은 선생님한테 귀여움받을 자격 있습니다.
학생으로 치면 아주 말 잘 듣는 모범생이지요.

파우스트와 바그너, 성문으로 들어간다.

서재1

파우스트 (삽살개와 들어오며)

깊은 밤 장막에 덮인
들판에서 나는 돌아왔다.
예감에 찬 성스러운 셀렘으로
우리의 선한 영혼이 잠을 깬다.
생각 없이 날뛰는
거친 충동은 잠이 들고
인류애가 움튼다.
하느님의 사랑이 움튼다.

조용히 하거라 삽살개야, 이리저리 뛰지 말고!
문지방에 뭐가 있길래 코를 박고 야단이냐.
저 난로 뒤에 가서 누워있거라,
제일 좋은 방석 하나 주마.
밖에서는 네가 언덕길 따라
이리 뛰고 저리 뛰며 우릴 즐겁게 해줬지만
이젠 환영받는 손님으로 얌전히
내 보살핌을 받거라.

아, 이 좁은 골방에
정겨운 등불 다시 타오르면
우리 가슴 환해지고

자신의 마음 저절로 알게 된다.
이성이 다시 말을 하기 시작하고
희망도 다시 피어오른다.
생명의 냇물이 그리워지는 것이다.
아, 생명의 원천으로 달려가는 이 마음.

으르렁대지 마라 삽살개야!
지금 내 영혼을 온통 차지한
성스러운 음향에 짐승 소리는 어울리지 않는다.
자기가 모르는 것은 비웃고
자기가 행하기 힘든 선행과 미를 보면
투덜대는 게 사람이라
우린 그런 짓에 익숙하지만
너 개도 그들처럼 투덜대려느냐?

그러나 아! 나는 벌써 아무리 원해도
흡족해지지가 않는구나.
그러나 왜 그리도 생명의 물결은 빨리 잦아드는가?
그리고 왜 우린 또다시 갈증을 느껴야 하는가?
나는 이 점을 많이 경험했다.
허나 이런 결핍은 대체할 수 있지.
우린 지상을 초월한 것이 귀함을 배워서 알지 않는가,
그것이 계시로 나타나길 갈망하지 않는가.
신약 전서보다 더 존엄하고 아름답게

그런 계시가 타오르는 데는 없느리라.
어서 원전 펴고
성실한 마음으로
그 신성한 원문을
사랑하는 나의 독일어로 옮겨야겠다.

책 한 권을 펴고 번역을 하기 시작한다.

쓰여있기를 "태초에 말씀이 있었느니라!"
난 여기서 막힌다! 진도를 나갈 수가 없다.
아무래도 난 '말'이라는 걸 아주 높이 평가할 수가 없다.
정신의 빛이 살아있는 한 나는
달리 번역할 수밖에 없다,
"태초에 뜻이 있었느니라!"라고.
이 첫 행은 조금 더 찬찬히 생각해 보아야겠다.
만물을 창조하고 만물에 작용한다는 뜻일까?
네 펜대가 서두르는 대로 하면 안 된다!
그렇다면 이렇게 써야 한다, "태초에 힘이 있었느니라!"
그러나 이렇게 쓰는 사이
그것으로도 안 된다는 경고가 들려온다.
됐다! 갑자기 정신이 드는구나! 방법이 보인다.
마음놓고 이렇게 번역하자, "태초에 행위가 있었느니라!"

삽살개야, 나랑 한방을 쓰면서
그렇게 캥캥대면 어떡하니,

그렇게 짖어대면 어떡해!
그렇게 가까이서 방해하면
참기 힘들단다.
우리 둘 중 하나가
이 골방에서 나가야 한단 말이다.
미안하지만 손님의 권리를 철회해야겠다.
문은 열려있으니 언제든 나가거라.
아니 그런데 이게 뭐지!
어떻게 이런 일이?
이게 그림자인가? 실물인가?
내 삽살개가 어떻게 이리 길게 늘어나지!
이놈이 용트림을 하며 일어서네.
저건 개의 형상이 아니다!
아니 내가 무슨 도깨비를 데려왔는고!
벌써 하마 같아졌네,
눈에는 불을 뿜고 이빨은 끔찍하고!
오라, 네놈은 이제 잡혔다!
이렇게 지옥의 피가 섞인 놈에게는
솔로몬의 열쇠[13]가 직방이렸다!

귀신들 (복도에서)

저 안에 한 친구 갇혀있네!
밖에들 있자, 따라들어 가지 말자!
덫에 걸린 여우처럼

늙은 지옥살쾡이 겁에 질렸구나.
그래도 잘 지켜보자!
이리로 둥실 저리로 두둥실
위로 둥실 아래로 두둥실 다녀보자!
그러다 보면 저 친구 빠져나올 것이다.
우리 모두 저 친구한테
크나큰 신세 졌는데
도울 수 있으면서도
갇혀있게 하면 안 되지 안 돼!

파우스트 짐승을 다루려면 우선
네 가지 주문이 효험 있으렷다.

불귀신 살라만더 타올라라,
물귀신 운디네 물결쳐라,
바람귀신 쉴페 불어라,
흙귀신 코볼트 힘내라.

이 네 귀신을 모르면,
그들의 기와
특성을
다스리지 못하면
귀신 주무르는
도사라 할 수 없지.

불길 속에서 사라져라

살라만더!
물결 속에서 떠내려 가라
운디네!
아름다운 유성의 빛이 되어라
실페!
집안일 도우라
인쿠부스![14] 인쿠부스!
어서 나타나 끝을 내거라.

저 짐승 속에는 네 귀신 중 하나도
들어가지 않았구나.
저놈이 꼼짝도 하지 않고 날 노려보는 걸 보니
아직 뜨거운 맛을 못 본 거렷다.
오냐 그럼 기다리거라,
더 센 주문을 퍼부어 주마.

네 이놈, 너는 분명 지옥에서
도망쳐 온 놈이렷다?
그럼 이 부적을 보거라!
이 부적 앞에서는 암흑세계의 무리도
허리 굽히느니라.

벌써 까칠한 털이 부풀어 오는구나.

저주받을 놈아!

네놈은 이 부호를 아느냐?
처음도 끝도 없으시며
말로 표현할 수 없는 분을,
온 하늘에 계신 분을,
무도하게 창에 찔리신 이 분을.

난로 뒤로 내쳐진 놈이
코끼리만큼 부풀었네.
온 방을 가득 채우더니
안개로 변해 흩어지려 하네.
천장으로 올라가지 말거라!
도사님 발 밑에 꿇어앉거라!
이젠 알겠지, 내가 괜히 위협만 하는 게 아니라는 걸.
널 신성한 불로 지져주마!
세 겹으로 타오르는 불길[15]을
기어이 맛보고 싶으냐!
내 도술 중에 제일 센 것을
맛보고 싶으냐!

안개가 걷힌다.

난로 뒤에서 여행하는 학생[16] 차림을 한 메피스토가 나타난다.

메피스토 뭘 그리 야단이십니까? 분부만 내리시면 될 것을.

파우스트 이게 삽살개의 실체였구나!
여행하는 학생이라? 웃기는군.

메피스토 박식하신 선생님께 인사 올립니다!

선생님께서는 소생을 무척이나 진땀나게 하셨죠.

파우스트 자넨 뭐라고 부르는 자인가?

메피스토 하찮은 걸 물으시는군요,
명칭을 몹시 경멸하시는 분이.
겉치레는 모두 저리 가라하고
오직 깊은 본질만 파고드시는 분이.

파우스트 너희 같은 부류는 명칭만으로도
속성을 알 수 있지.
파리떼 왕초, 패가망신할 놈, 사기꾼이라 불리는 자들이
어떤 놈인지는 뻔하지 않나.
그건 그렇고 자넨 대체 누군가?

메피스토 항상 악을 원하면서
선을 만드는 힘의 일부분이죠.

파우스트 그런 수수께끼 같은 소리로 하려는 말이 뭔가?

메피스토 소생은 항상 부정하는 정신이죠!
그 이유도 합당합죠. 왜냐하면 세상에 생기는 것은
모두 멸하기 마련이니 차라리 생기지 않는 게 낫죠.
그래서 당신들이 죄라느니
파괴라느니 하며 악행이라 부르는 것이
소생의 본업입죠.

파우스트 자넨 자신을 일부분이라 하지만
내 앞에 서있는 자넨 자네의 전체 아닌가?

메피스토 겸손하게 진실을 말씀드리는 겁니다.

사람이란 작은 바보의 세계에 불과한데
대개 자신을 하나의 전체라 여기지만 말입니다 –
소생은 태초에 전체이던 것의 일부분의 일부분이죠,
빛을 낳은 어둠의 일부분 말입니다.
그 교만한 빛이 모체인 밤의 원래 지위를 뺏으려
다투고 있죠.
그러나 빛이 아무리 애써봤자 소용없죠.
빛이란 물체에 달라붙어 있어
물체에서 흘러나와 그 물체를 아름다워 보이게 하지만
물체는 빛의 길을 막아 빛이
오래 지속되기는 어렵죠.
결국은 물체와 함께 소멸한다 이 말이오.

파우스트 자네의 그 거창한 소임을 이제 알겠네!
커다란 전체는 건드릴 수 없으니
작은 부분에서 시작하자는 말이지.

메피스토 물론 그렇게 해서 이룬 게 많지는 않죠.
무에 맞서는
어떤 무엇, 즉 볼품없는 이 세계 말인데요,
벌써 여러 가지로 시도해 봤지만
내 힘으로는 할 수 없었죠.
파도, 폭풍, 지진, 화재 등등 다 써봤지만
결국은 바다도 육지도 멀쩡하게 남았으니 원!
게다가 동물과 사람, 그 우라질놈들은

손을 댈 수가 없더군요.
그동안 얼마나 많은 시체를 내 손으로 묻었던가!
그런데도 항상 새롭고 싱싱한 피가 돌죠.
이런 식으로 일이 계속 돌아가니 정말 미치겠소이다!
공기 속에서, 물 속에서, 땅 속에서
온갖 싹이 튀어나온단 말입니다,
건조한 곳, 습기 찬 곳, 따뜻한 곳, 추운 곳 가리지 않구!
그 불이라는 걸 챙겨두지 않았다면
나에게는 특별한 무기가 없을 뻔했죠.

파우스트 그래 너라는 놈은 영원히 활동하는
생명력 북돋는 창조의 힘을 거역하며
차디찬 악마의 주먹을 휘두르는 모양인데
아무리 주먹을 단단히 쥐어봤자지!
다른 일을 해보는 게 어떨까.
이 괴상한 혼돈의 자식놈아!

메피스토 우리 다시 생각해 봅시다,
자세한 얘기는 다음에 하기로 하구!
소생 오늘은 이만 물러가도 되겠죠?

파우스트 나한테 그런 걸 왜 묻는지 모르겠군.
이젠 우리가 아는 사이가 되었으니
마음 내킬 때 또 찾아오면 될 것을.
여기가 창문이고 저기가 출입문이네,
굴뚝도 자네에겐 길이겠지.

메피스토 솔직히 말씀드리죠! 소생의 나들이 길을
작은 장애물이 막고 있답니다.
저 문지방 위 별표 부적이 —
파우스트 저 오각형 별표가 자넬 괴롭힌다고?
야, 이 지옥의 자식놈아!
저게 널 막았다면 네놈이 여길 어떻게 들어왔느냐?
저런 부적귀신을 어떻게 속이고?
메피스토 잘 보세요! 저 그림 틀렸잖아요.
바깥 쪽으로 향한 한 귀퉁이가
보시다시피 약간 벌어져 있잖아요.
파우스트 잘못됐지만 그거 잘 됐군.
그러니 네놈은 이제 내 포로가 된 셈인가?
그거 잘 됐네!
메피스토 삽살개로 들어왔을 때는 전혀 몰랐는데
사정이 달라졌소이다.
악마는 이 집에서 나갈 수 없단 말이에요.
파우스트 아니 왜 창문으로 나가면 되지.
메피스토 악마와 도깨비한테는 한 가지 규칙이 있죠,
반드시 몰래 들어온 길로 나가야 한다는.
들어올 때는 자유로운 몸이지만 나갈 때는 노예라니까요.
파우스트 지옥에도 규칙이 있다?
그거 괜찮군, 그럼 자네들과
계약도 할 수 있겠네?

메피스토 우리가 약속한 것은 다 누릴 수 있죠,
조금도 어기지 않죠.
그러나 그건 간단하게 처리할 수 있는 일이 아니니
다음에 얘기합시다.
아무튼 이번만큼은 간절히 바라는데
날 내보내 주세요, 제발.
파우스트 그래도 잠시 더 있게나,
재미있는 얘기라도 하나 해주고 가게.
메피스토 그만 날 놔주세요! 금방 다시 오겠습니다.
그때 무엇이든 실컷 물어보시죠.
파우스트 내가 널 함정에 빠트린 게 아니라
네놈이 스스로 그물에 뛰어들지 않았느냐?
악마를 잡으면 놔주지 말라했다!
다시 잡기가 쉽지 않으니.
메피스토 정 그러시다면 저 또한 큰마음 먹고
여기 남아 말동무 해드리죠.
물론 내 재주로 지루하지 않게 해드린다는
조건이라면요.
파우스트 그럼 어디 구경이나 해보자, 마음대로 해봐라.
허나 내 마음에 들어야 한다!
메피스토 여보쇼 선생어른, 당신은 이제
단조롭게 보낸 지난 일 년보다
빠른 시간 안에 훨씬 많은 재미를 볼 거요.

귀여운 귀신들이 노래하며
보여줄 아름다운 모습은
허망한 요술이 아니니까요.
당신 코는 향기를 만끽할 테고
당신 입에는 단맛이 감돌 거외다.
그러면 기분이 황홀해지겠지.
준비할 것도 없소이다.
자, 우리 다 모였으니 시작하거라!

귀신들

사라져라, 머리 위
어둡고 둥근 천장!
친절하고 따듯한 눈으로
들여다보라, 다정하게.
푸른 하늘아!
시커먼 구름일랑은
제발 흩어져라!
깜빡이는 작은 별들
큰 별들 은은하게
안으로 비춰드네.
하늘나라 아들들의
아름다운 영혼
너울너울 허리 굽히며
두둥실 지나간다.

그리움 가득한 가슴아,
그 뒤를 따라라.
옷자락에 나부끼는
다양한 허리띠로
고을 산천 뒤덮어라.
라우베[17] 그늘 뒤덮어라.
거기는 연인들
한평생 기약하며
깊은 생각 하는 곳이로다.
라우베에 라우베 이어 있도다!
길게 뻗어올라 간 넝쿨 이파리!
주렁주렁 포도송이
꽉 조여주는 압착기
통 속으로 쏟아져
거품 이는 포도주 되어
냇물처럼 흘러가고,
맑고 품격 있는
바위틈 사이로 졸졸졸,
높다란 산들
뒤로 하고
푸른 언덕
감돌아 흘러
흘러 내려

넓은 호수 이루누나.
환희의 술로 목 축이고
태양 향해 훨훨
반짝이는 섬들 향해
훨훨 날아가니
넘실대는 물결 타고
섬들도 흔들리네.
합창소리
신나게 들려오고,
들녘에는 덩실덩실
춤꾼들 보이네.
모두 밖으로 나와
살풀이하는구나.
높이높이 산 위로
올라가는 사람들,
멀리멀리 물 속으로
헤엄쳐 가는 사람들,
너울너울 떠도는 사람들
모두 생명 향해,
멀리멀리
사랑하는 별들 향해,
축복의 은혜 향해 가려하는구나.

메피스토 놈이 잠들었다! 잘했다, 바람처럼 나긋나긋한 꼬마들아!
너희가 열심히 노래 불러 이 자를 재웠구나!
이번 합창으로 난 너희에게 큰 빚을 졌다.
이 작자야, 네가 악마를 잡는다구? 어림도 없다 아직은!
얘들아, 아리따운 모습으로 꿈속에 나타나
망상의 바다에 빠트려라!
그런데 이 문지방의 마력을 깨부수려면
쥐이빨 하나면 충분하지 않은가.
쥐를 불러내려고 주문을 한참 외울 필요도 없지.
한 놈이 벌써 바시랑대는군, 내 말이 들리나 보다.

큰 쥐, 작은 쥐, 파리, 개구리,
빈대, 이야 듣거라, 주인나으리 명령이시다,
어서들 나와 이 문지방을
갉아버려라.
슬쩍슬쩍 기름 치자마자
악마 네놈이 튀어나오는구나!
어서 시작하거라! 날 방해하는 뾰족한 것은
맨 앞 가장자리에 있다.
옳지, 한번만 더 갉아내거라, 그럼 끝난다.
파우스트, 다시 만날 때까지 꿈이나 꾸거라.

파우스트 (잠에서 깨며)

아니 난 또 속았나?
신령스러운 일로 가득했던 충동은 어디 가고
남은 건 악마에 홀리고
삽살개 도망친 꿈뿐이란 말인가?

서재2

파우스트, 메피스토.

파우스트 누가 문을 두드리지? 들어오게! 어떤 놈이 또
나를 괴롭히려 하는고?
메피스토 납니다.
파우스트 들어오게!
메피스토 대답은 세 번 하셔야죠.
파우스트 들어오라니까!
메피스토 그러시니 소생 흡족합니다요.
우린 서로 잘 견디겠어요!
당신의 우울증을 쫓아주려고
내 이렇게 귀공자 차림을 하고 왔죠.
금박 박은 붉은 옷에다
바스락대는 비단 외투 걸치고
깃털 꽂은 모자 쓰고
길고 뾰족한 칼까지 차고 말입니다.
그리고 조언 한마디 하고 싶은데
당신도 나처럼 이런 복장을 하시지요.
그래야 속박에서 벗어나 자유롭게
인생이 뭔지 알 수 있으니까요.
파우스트 내가 어떤 옷을 입든 이 협소한

지상에서는 괴롭기만 할 걸세.
그냥 놀기에는 난 너무 늙었고
아무 욕망 없이 살기에는 너무 젊었다.
대체 이 세상에서 무엇을 기대할 수 있는가?
참아라! 참아라!가
유일한 노래지.
누구 귀에나 울려대는,
그 쉰 목소리로 평생토록 끊임없이
시간마다 울려대는 노래지.
날마다 아침이면 화들짝 놀라 눈이 떠지니
서럽게 울고 싶을 뿐.
하루가 다 가도록
한 가지 소원도 이루지 못하고,
즐거운 예감마저도
악착같은 헐뜯기에 사그라들고,
가슴에서 움트는 창조력도
걸레 같은 세상사에 휘둘리기만 하고,
밤이 닥쳐와 잠자리에 누워도
불안한 마음 가시지 않아
안식 취하지 못해
사나운 꿈에 놀라고 만다.
내 가슴에 사는 신은 나를
가장 깊은 데까지 들뜨게 할 수 있으나

내 힘 위에 군림하는 신은 내가 바깥을 향해
움직이는 데 조금도 힘이 돼주지 못한다.
하여 나에게는 삶이 멍에요,
죽음이요, 저주로다.

메피스토 하지만 죽음이라는 게 반길 만한 손님은 아니죠.

파우스트 오, 축복이로다, 승리의 영광 속에서
피의 월계관 이마에 두르고 죽는 자는!
미친 듯이 돌아가는 춤을 추고 나서
처녀 품에서 죽는 자 또한 축복이로다!
오, 나도 저 숭고한 신령의 기에 눌려
정신 잃고 쓰러졌을 때, 그때 죽었어야 했는데!

메피스토 하지만 그날 밤
고 갈색 물약을 마시지 않았죠.

파우스트 네놈은 염탐질이 특기로구나.

메피스토 모든 걸 다 알진 못하지만 그래도 아는 게 많은 편이죠.

파우스트 귀에 익은 달콤한 소리 한 가닥이
그 몸서리쳐지는 착란 속에서 날 빼내주고,
조금 남아있던 동심이
날 어린 시절 여운 속으로 이끌었으나,
유혹과 농락으로 내 정신을 에워싸고
눈속임과 귀속임으로 내 정신을
이 슬픈 동굴 육체에 가둬놓는
그 모든 것을 저주한다!

저 스스로 잘났다고 주장하는
오만한 정신을 저주한다!
우리 오관에 달려드는
눈부신 현상을 저주한다!
꿈같은 말로 명성이니 불멸의 명예이니 하는
아첨을 저주한다!
마누라든 자식이든, 머슴이든 쟁기든 다
너의 소유물이라며 알랑대는
모든 짓을 저주한다!
무모한 일 저지르도록 온갖 재물로 우릴 유혹하고
그저 놀기만 하라고 푹신한 요 깔아주는
황금귀신 맘몬을 저주한다!
포도의 영액을 저주한다!
저 사랑의 은총이라는 것을 저주한다!
희망을 저주한다! 믿음을 저주한다!
특히 그놈의 인내를 저주한다!

귀신들의 합창 (모습은 보이지 않은 채)

슬프도다! 슬프도다!
이 아름다운 세상을 너
그 거친 주먹으로
부수고 말았구나.
세상이 산산이 조각났구나!
반신반인이 때려부쉈구나!

부서진 조각들
허무 속으로 나르며
우린 서러워하노라,
아름다운 세상 잃어버린 것을!
이 땅에 태어난 사나이 중의 사나이여,
강한 자 그대여
더욱 멋지게
다시 세상 세우라,
그대 가슴 속에 세워 일으키라!
새 인생
시작하라,
밝은 마음으로.
그러면 가는 길 위에 새 노래
울려퍼지리!

메피스토 저 귀신들은 우리
꼬마들이오.
들어보소, 얼마나 어른스럽게
행동과 쾌락을 권하는지를!
오관도 물기도 다 말라버리는
그 고독에서 당신을
넓은 세계로
인도하려는 거요.

집어치우시오 그 짜증.
독수리처럼 당신의 삶 쪼아대는 그놈의 고민.
아무리 나쁜 놈들라도 어울려 보면
당신도 남들과 함께 살 수밖에 없다는 걸 느끼리다.
그렇다고 천민들 속으로 당신을
밀쳐내려는 건 아니올시다.
난 큰 인물은 아니외다,
허나 당신이 나와
인생길 걸으려 한다면
내 기꺼이 몸과 마음을 바쳐
당신 사람 되오리다, 당장이라도.
소생 당신의 길동무이니
당신 마음에 드신다면
당신의 하인 되오리다, 당신의 종이 되겠소이다!

파우스트 그럼 그 대가로 뭘 해주면 되겠나?

메피스토 그건 나중에 해도 됩니다요.

파우스트 아니지 아니지! 악마는 자기만 아니까
남한테 이로운 일을
공짜로 할 리 없지.
조건을 정확히 말하게,
공짜 하인은 화를 불러오거든.

메피스토 이 세상에서는 내가 당신 시중을 들죠.
눈으로 지시만 하면 언제든 성심껏 따르겠소이다.

허나 저 세상에서 우리가 또 만난다면
그땐 당신이 나한테 그렇게 해주시오.

파우스트 나에게 저 세상에서의 일은 생각할 것도 없지.
자네가 이 세상을 산산조각내면
저 세상에 가서는 어떻게 되든 상관없네.
나의 기쁨 솟아날 곳은 이 지상이고,
나의 고통 비춰주는 것도 현세의 태양이지.
기쁨이든 고통이든 이 세상과 이별하고 난 뒤에는
무슨 일이 생기든 무슨 짓을 하든
상관없다네.
그때 가서도 사랑하든지 미워하든지,
그 세상에도
윗사람 아랫사람 있든지 말든지.

메피스토 그러시다면 한번 해볼만 합죠.
계약합시다, 오늘부터라도 당장
내 재주 보고 기뻐하시게 해드립죠.
아무도 보지 못한 걸 보여드립죠.

파우스트 너 같은 깡통 악마가 뭘 보여주겠다는 거냐?
숭고한 목표 향해 정진하는 인류의 정신이
너 같은 놈 손에 잡힌 적 있느냐?
그래 넌 아무리 먹어도 배부르지 않은 음식이라도 가졌느냐,
수은처럼 쉴 새 없이 손가락 사이로 굴러
흩어져 버리는 금붙이라도 가졌느냐,

절대 이길 수 없는 도박이라도 보여주겠다는 거냐,
내 품에 안겨 이웃 사내에게
곁눈질하는 계집 따위 말이냐,
신이라도 된 듯한 그 멋진
유성처럼 사라지고 말 명예라는 쾌락 말이냐?
따기도 전에 썩어버릴 열매 있으면 내놔봐라,
그리고 날마다 새롭게 푸르러지는 나무를!

메피스토 그런 주문에 놀랄 것 없소이다,
얼마든지 그런 명물들로 모실 수 있죠.
그렇습니다 선생, 우리가 뭔가 좋은 것을 만끽할
시간 또한 다가오고 있죠.

파우스트 만일 내가 편안하게 게으름뱅이의 자리에 눕는다면
그것으로 난 끝장이라네!
자네가 날 감언이설로 속여
내가 나 자신에게 만족해 한다면,
자네가 날 쾌락으로 속인다면
나한테는 그게 마지막 날일세!
내기하자!

메피스토 좋소이다!

파우스트 자, 손바닥을 마주쳤다!
어느 순간 내가
멈춰라! 너 정말 멋지구나! 하면
날 결박해도 좋다.

그 순간 나는 기꺼이 파멸하겠다!
그 순간 조종이 울려도 좋다.
그 순간 너는 내 종살이에서 풀려날 것이다,
시계는 멈추고 바늘은 떨어질 것이다,
내 인생도 끝이 날 것이다!

메피스토 생각 잘 해서 말하시오, 지금 하는 말 잊지 않을 테니.

파우스트 그건 자네의 권리지.
내가 공연한 말을 지껄이는 게 아니라네.
내가 한 가지 일에 얽매인다면 난 그것으로 종이 되는 것을.
자네의 종이든 딴 사람의 종이든 그게 뭐가 중요하겠나.

메피스토 오늘 당장 박사학위 축하연에서
종으로서의 내 의무를 다하겠소이다.
다만! — 이건 명운을 걸 정도로 중요한 일이니
약조한 걸 한두 줄 써주시오.

파우스트 뭘 증서까지 쓰라 하느냐? 이 소인배 같은 놈이.
넌 아직도 사내대장부 말의 무게를 모르느냐?
내 입에서 나간 말이 영원히
내 삶을 지배한다는 것으로 충분하지 않다는 말이냐?
세상일은 어디서나 강물처럼 빨리 지나가는데
날 약조문 따위로 옭아매려는 거냐?
그러나 사람의 마음에는 그런 망상이 깔려있지,
누가 그런 망상에서 벗어나려 하겠느냐?
가슴에 신의를 굳게 간직하는 자 복을 받을지어다,

그것 때문에 치르는 대가는 어떤 것이라도 후회하지 않겠다!
그러나 양피지는, 각서와 날인한 증서 조각은
도깨비 같아 누구든 꺼려하지.
내용은 붓끝에서 죽어버리고
위력을 발휘하는 건 봉랍과 가죽끈뿐이지.
그래 악령 네놈이 나한테 원하는 게 뭐냐?
철판에 쓰랴, 대리석에 쓰랴, 아니면 양피지 쪼가리에 쓰랴?
철필로 쓰랴, 끌로 쓰랴, 깃털로 쓰랴?
네놈이 결정하거라.

메피스토 아니 왜 열부터 내며
미친 사람처럼 과장하시오?
아무거면 어떻소만
피로 서명해 주시오.

파우스트 그래야 네놈이 흡족하다면
어리석은 짓이다만 그리하지.

메피스토 피라는 건 아주 특별한 액체올시다.

파우스트 내가 이 계약을 깨지 않을까 걱정하진 말게!
온힘을 다해 지키려고 노력하는 것
그게 나의 약속이니까.
내가 너무 품격을 높였지,
네 수준에 맞추면 그만인 것을.
위대한 지신이 나에게 퇴박을 놨지,
자연이 내 앞에서 문을 닫아버렸지.

사유의 끈은 끊어지고
모든 지식에 역겨움을 느낀 지 오래되었다.
관능의 세계에 빠져
불타는 정열을 달래보자!
당장 아무도 본 적 없는 마술의 장막 속에서
기적을 준비하라!
뛰어들자, 시간의 급류 속으로,
사건의 소용돌이 속으로!
그러면 고통과 쾌락이,
성공과 실패가
교차하며 설쳐대겠지.
오로지 쉬지 않고 활동하는 자만이 사나이로다.

메피스토 당신한테는 절도도 한계도 없는 모양이구려.
마음 내키는 대로 어디서든 집어잡숫고
뺑소니치다가도 무엇이든 낚아채시구.
양껏 드시고 탈이나 나지 마시오.
자, 어서 손을 내미시오, 왜 그리 멍청하시오!

파우스트 내 말 잘 들어보게, 쾌락을 말하는 게 아닐세.
아낌없이 이 몸 바쳐 비통한 쾌락에,
증오스러운 사랑에, 가슴이 후련해지는 화풀이에 뛰어
들려는 걸세.
나 지식병에서 치유만 된다면
어떤 고통이라도 감수하겠네.

온 인류에게 주어진 것을
나의 자아로 맛보려는 걸세.
내 정신으로 제일 높은 것과 제일 낮은 것을 터득하고,
이 가슴에 인류의 행복과 고통을 쌓아올려
나의 자아를 인류의 자아로 넓혀보려는 걸세.
그리하여 인류의 운명처럼 나도 파멸하려는 걸세.

메피스토 오, 나를 믿으시오, 수천 년 동안
이 질긴 음식 씹고 있는 나를 믿으시오!
요람에서부터 무덤에 들어갈 때까지
그 누구도 이 해묵은 효모를 소화하지 못했소.
우리 같은 놈 말 좀 들으시오. 그 전체라는 건
오로지 신만을 위해 있는 거요!
신은 영원한 빛 속에 있으면서
우릴 어둠 속에 처박아 놓고
오로지 사람에게만 낮과 밤을 준 거요.

파우스트 그래도 나는 내 뜻대로 하겠다!

메피스토 그럼 해보시구려!
다만 염려스러운 게 하나 있소이다.
인생은 짧고 예술은 길단 말이오.
내가 보기에 당신은 배우는 걸 좋아하니
시인과 어울려 보시오.
시인 양반을 공상 속에서 헤매게 한 다음
고상한 특성을 모조리

고매한 당신의 정수리에 쌓아달라 하시오.
사자의 용맹함을
사슴의 민첩함을
이탈리아인의 열정을
북방인의 끈기를.
그에게
관대한 심성과 간사한 계략을 결합하는
비법을 알려달라 하시오,
뜨거운 충동과 계획적인 사랑을 결합할 비법 말이오.
하긴 그런 양반 있으면 나도 가까이 하고 싶소,
소우주 선생이라 불러드리고 싶소이다.

파우스트 온힘을 다해 좇는데도
인류의 최고봉에 서보지 못한다면
나는 대체 무엇이란 말인가?

메피스토 당신은 — 당신이죠.
수백만 가닥 고수머리칼로 엮은 가발을 쓴다 해도,
한 자짜리 굽이 달린 신을 신는다 해도
당신은 당신이죠.

파우스트 나도 안다네. 사람의 정신이 지닌 모든 보배를
모은답시고 부질없이 애만 썼지.
나 결국 이렇게 주저앉아 있으니
새로운 힘이 생기지 않는다.
난 더 높은 경지에 오르지 못했고

무한한 존재에게 한 걸음도 다가서지 못했다.

메피스토 아이구 어르신도 사물을
보통 사람처럼 딱 고렇게만 보시는구려.
우린 더 약아져야 합니다,
인생의 낙이 도망치기 전에.
젠장! 그 두 손과 두 발,
골통과 불알 두 쪽 그게 다 당신 것 아니오.
내가 마구 즐기는 것 또한 전부
내 것 아니겠소? 내 두 팔과 두 다리보다 덜 내 것이
아니지는 않소?
예를 들어 내가 말 여섯 필 값을 치를 수 있다면
그 여섯 필이 내 힘이 되는 것 아니겠소?
그리고 그 여섯 필이 끄는 마차를 타고 달리면
난 스물네 개의 발로 뛰는 장사가 되는 것 아니겠소.
그러니 하드라구! 잡생각 집어치우고 당장
세상 속으로 뛰어들자구요!
내 한마디 하리다, 이럴까 저럴까 궁리만 하는 놈은
팍팍한 황야에서 악귀한테 잡혀 뺑글뺑글
원을 그리며 끌려다니는 짐승과 진배없단 말이오.
사방에 푸른 초원이 널려있는데도.

파우스트 그럼 어떻게 시작하지?

메피스토 그냥 떠나는 거예요.
도대체 이게 뭡니까? 고문실 아닙니까?

여기서 무슨 인생을 도모하겠다구.
자신에게도 젊은이들에게도 정신 빼는 곳 아닙니까.
여긴 옆방 배불뚝이 선생한테나 맡기시오!
뭣 때문에 지푸라기 들고 타작한다고 고생하시오?
어차피 당신이 알 수 있는 것 중에서 최선의 것을
학생들한테 알려줄 수 없지 않소.
마침 학생 한 놈이 복도에서 서성대는구려!

파우스트 지금은 도저히 학생을 만날 수 없네.

메피스토 딱하게도 저 녀석이 한참 기다린 모양인데
격려 한마디 안 하고 보내서야 되겠소.
자, 그 윗도리하고 모자 이리 주시오,
변장은 내가 선수이니까.

옷을 갈아입는다.

그럼 이 일은 내게 맡기시오!
금방 끝내겠소.
그동안 신나게 여행할 준비나 하시오!

파우스트 퇴장한다.

메피스토 (파우스트의 긴 옷을 입고)
그래 어디 이성과 학문을, 고귀한 인류의 힘을
실컷 경멸해 봐라 이놈아.
어디 한번 요술과 마술에 홀려
허깨비 붙잡고 날뛰어 봐라 이놈아.
그러면 네놈은 내 손에 들어올 것이다 —

운명이 저놈에게 준 정신은
제어할 수 없이 앞으로만 달려가고,
성급한 저놈의 발버둥은
지상의 기쁨 보지도 않고 뛰어가는구나.
나 이제 저놈을 광란 속으로,
비천 속으로 끌고다녀 등신처럼 나만 쳐다보고
허우적대며 나한테 매달리게 하리라.
식욕에 안달복달하는 저놈 아가리 앞에
진수성찬과 감주 차려 약 올리리라.
저놈은 기갈 면하려 공연히 애걸복걸하겠지.
그러면 악마한테 몸을 맡기지 않아도
파멸하고 말리라!

학생 하나가 등장한다.

학생 저는 이 고장에 온 지 얼마 안 됐습니다.
존경심 가득 안고 선생님
말씀 들으러 왔습니다.
선생님 명성은 어디서나 자자하지요.

메피스토 정중한 인사 받으니 기쁘기 그지없구먼!
보다시피 난 평범한 사람이오.
그래 여기저기 둘러봤나?

학생 저를 제자로 받아주십시오!
큰 뜻 품고 왔습니다.
돈도 꽤 있고 의욕도 넘치지요.

어머니는 저를 보내려 하시지 않았지만
저는 바깥세상에서 좋은 걸 배우고 싶어 왔습니다.

메피스토 그렇다면 제대로 왔군.

학생 솔직히 말씀드리면 돌아가고 싶기도 합니다.
이런 성벽에 에워싸인 강당에서는
정을 부치기 어려울 것 같아서요.
공간은 협소한데다
풀 한 포기 나무 한 그루 없으니
강의실에 앉아있으면
듣는 것, 보는 것, 생각하는 것이 다 달아날 것 같습니다.

메피스토 그건 적응하면 되네.
갓난아기도 엄마젖을
처음부터 좋아하는 건 아니라네.
그러나 조금 지나면 맛있다고 덤벼들지.
그와 같이 자네도 날이 갈수록 더욱
지혜의 젖가슴을 탐닉하게 될 걸세.

학생 지혜의 목에 기꺼이 매달리고 싶습니다.
그러니 알려주세요, 어떻게 해야 지혜에 다가갈 수 있나요?

메피스토 딴 얘기 하기 전에 말해 보게나,
무슨 공부를 하고 싶나?

학생 훌륭한 학자가 되는 것이 꿈입니다.
저는 지상의 일과 천상의 일을
다 알고 싶습니다.

학문과 자연을 말입니다.

메피스토 그렇다면 정말 잘 찾아왔군.
하지만 마음이 흐트러지면 안 되네.

학생 몸과 마음을 다 바쳐 해보겠습니다.
물론 여름축제 때는
약간의 자유와 놀이도
즐기고 싶습니다.

메피스토 시간을 아껴 쓰게, 세월이란 참으로 빨리 가지.
허나 체계 있게만 하면 시간을 벌 수도 있지.
내 자넬 생각해서 하는 말이네만
우선 논리학을 공부하게.
그러면 정신을 잘 훈련할 수 있고
스페인식 장화 고문틀로 바짝 조인 듯
만사에 신중해지니
사고의 큰 길 따라 조심조심
앞으로만 갈 걸세.
도깨비불처럼 이리저리 흔들리진 않을 거라는 말이네.
그러고 나면
지금까지는 무심코 하던
밥 먹고 물 마시는 것도
하나 둘 셋 격식에 따라 하게 되지.
사상이나 이념의 공장이라는 게
실로 좋은 옷감을 짜는 것과 같아

한 번 밟으면 천 올의 실이 움직여
북이 이쪽저쪽 쏜살같이 왔다갔다하는 대로
실들은 어느새 스르르 흘러가 짜이고,
한 번 치면 수천 고리가 맺어진다네.
철학교수가 강의실에 들어와
이건 이럴 수밖에 없다고 증명할 걸세.
첫째가 이러하다면 둘째는 이러하다,
고로 셋째와 넷째는 이럴 수밖에 없다.
그리고 첫째와 둘째가 없으면
셋째와 넷째도 있을 수 없다.
그러면 학생들은 대단하다고 난리치지.
그런데 아무도 훌륭한 직조공은 되지 않더군.
산 것을 인식하고 기록하겠다는 자들이
먼저 하려는 짓이 정신을 빼는 일이라 그렇지.
그래서 일부분만 취하니
딱하도다! 그걸 연결할 정신의 끈이 없으니.
이것을 화학에서는 대자연의 조화[18]라 하네만
그 또한 이치를 알고 하는 말이 아니니 자신의 무능을
  비웃는 셈이지.

학생 무슨 말씀인지 모르겠습니다.

메피스토 알 날이 올 걸세.
모든 것을 잘 요약하고
가려내는 방법을 배운다면 말야.

학생 (혼잣말로)
모든 게 벙벙하게만 들릴 뿐
마치 머릿속에서 물방앗간 바퀴가 빙빙 도는 것만 같구나.

메피스토 그 다음에는 다 제쳐놓고
형이상학에 매달려야 하네!
그러면 깊이 터득할 걸세,
사람의 두뇌로 알 수 없는 것을.
사람의 머리에 들어올 수 있는 것이든 없는 것이든
멋진 술어가 알아서 시중들 테니까.
그러나 첫 반년은
규칙을 잘 지켜야 하네.
수업은 매일 다섯 시간씩 하는데
종소리가 들리면 교실에 들어와야 하네!
미리 예습해서
한 구절 한 구절 차근차근 공부하다 보면
나중에는 잘 보일 걸세. 다시 말해서
선생이란 책에 나오지 않는 건 가르치지 않는다는 걸 말야.
허나 필기는 열심히 해야 하네.
마치 성령을 받아적듯!

학생 그건 걱정하지 마십시오!
그게 얼마나 중요한지는 저도 잘 압니다.
백지에 검정색으로 받아적은 것은
안심하고 집에 가져가도 되니까요.

메피스토 그래도 학과는 정해야 하지 않겠나!
학생 법률학은 별로예요.
메피스토 자넬 탓할 수만은 없지.
법률학 사정은 내가 알지.
대저 법률이니 권리니 하는 것은
고질적인 유전병 같아
한 대에서 다음 대로 이어지고,
한 자리에서 다른 자리로 슬쩍 옮겨가기도 하지.
이성이 불합리한 것이 되고 선행이 억압하는 것이 된단 말야.
손자 세대에 태어난 자 불쌍하도다!
타고난 권리 면에서 보면 딱하기도 하구!
그러나 한번도 문제로 다룬 적이 없었다네.
학생 선생님 말씀 들으니 더 싫어지는군요.
오, 선생님의 가르침을 받는 사람은 정말 복이 많은 사람입니다!
저는 신학에 관심이 갑니다.
메피스토 난 자넬 옳지 않은 길로 인도하고 싶지 않네.
신학이라는 학문은
잘못된 길을 피하기가 아주 어렵지.
그 속에 숨은 독소가 하도 많은데다가 독소와
그 독소를 고칠 약을 거의 구분할 수 없네.
제일 좋은 방법은 오로지 한 스승 말씀만 듣고
따르는 걸세.
그 말씀을 금과옥조로 여겨야 하네!

그러면 안전한 문을 지나
확실한 전당으로 들어갈 걸세.

학생 하지만 용어의 개념도 알아야겠죠. 그 뜻을 알아야
하지 않겠습니까?

메피스토 물론이지! 그러나 지나치게 속을 끓이지는 말게.
개념이 바로 들어오지 않을 때는
용어가 등장하기 마련이니까.
용어로 얼마든지 멋지게 토론할 수 있고,
용어로 얼마든지 체계를 구성할 수 있고,
용어로 얼마든지 믿게 할 수 있고,
용어로 얼마든지 한 획도 빼기지 않게 할 수 있지.

학생 죄송합니다, 바쁘실 텐데 자꾸 질문해서.
하지만 조금 더 폐를 끼치겠습니다.
의학에 대해서도 고견
한말씀 해주시지 않겠습니까?
삼 년이란 시간은 짧습니다.
그런데 맙소사! 학문이라는 분야는 왜 이리 방대합니까.
방향만 알려주시면
감을 잡을 수도 있을 것 같습니다.

메피스토 (혼잣말로)
이젠 건조하고 무미한 말이 지겹구나,
다시 악마의 본때를 보여줘야겠다.

큰 소리로.

의학의 정신은 알기 쉽지.
큰 세계 작은 세계[19] 골고루 연구하다
막판에 가서는 신의 뜻대로
되게 내버려두는 걸세.
사방팔방 쑤시고 다녀봤자 다 헛일
사람들은 자기가 배울 수 있는 것만 배우니까.
허나 제때 기회를 잡는 자
그게 정말 사내지.
자넨 체격도 제법 좋고
배짱 또한 없는 것 같지 않으니
자신감만 있으면
다른 사람들도 믿어줄 걸세.
특히 여자 다루는 법을 배워야 하네.
아프다 쓰리다는 여자들이 항상 하는 소리이고,
그 원인이 천만 가지지만
딱 한 군데만 고쳐주면 된다네.
그리고 웬만큼 체면을 살려주기만 하면
여자들은 다 자네 손에 들어올 걸세.
우선 학위를 내세워 다른 의사들보다
의술이 월등하다고 믿게 만들어야 하네.
그러고는 다른 의사들이 수년 동안 겉만 스치던,
여자들이 소중하게 생각하며 보이기 싫어하는 곳 일곱 군데를 주물러 주는 거지.

맥을 짚을 때는 제대로 눌러야 하고,
뜨겁고 능청스러운 눈길 보내며
잘록한 허리도 과감하게 잡아보게.
얼마나 단단하게 졸라맸는지 보겠다면서 말야.

학생 훨씬 이해하기 쉽습니다! 어딜 어떻게 해야 할지
바로 알 수 있으니까요.

메피스토 여보게, 모든 이론은 잿빛이라 다 아리송하다지만
푸른 인생의 황금나무는 뚜렷하지.

학생 맹세코 말씀드립니다만 꿈만 같습니다.
현명하신 말씀을 더 듣기 위해
다시 찾아뵙고 폐를 끼쳐도 될는지요?

메피스토 내가 할 수 있는 일이라면 얼마든지.

학생 그런데 저는 빈손으로 돌아갈 수 없습니다.
부디 이 수강첩에
호의 표시로 한 줄 적어주십시오.

메피스토 좋소.

수강첩에 한 줄 적어 돌려준다.

학생 (읽는다.)
너희 신처럼 되어 선과 악을 알게 되리라.[20)]

수강첩을 다소곳이 접고 하직인사를 한다.

메피스토 이 말씀과 내 숙모인 뱀이 하라는 대로만 하거라,
언젠가는 네가 신을 닮은 게 두려워질 것이다!

파우스트 등장.

파우스트 자, 이제 어디로 갈 건가?
메피스토 당신이 원하는 대로.
우선 작은 세상을 본 다음 큰 세상을 보시죠.
이런 코스를 공짜로 다니다니
얼마나 이익이고 기분 좋습니까?
파우스트 헌데 이 긴 수염이
경쾌한 삶에 어울리겠나?
이 시도 말야, 아무리 생각해도 성공할 것 같지 않네.
난 지금까지 사람들과 어울릴 줄 몰랐고
사람들 앞에 서면 내가 작아진다고 느꼈다네.
앞으로도 난 계속 당황하겠지.
메피스토 여보쇼, 그런 것쯤은 다 어떻게든 될 거요.
자신감만 있으면 진짜 사는 게 뭔지 알게 될 거요.
파우스트 그런데 이 집에서 어떻게 나가지?
말이랑 하인, 마차는 어디 있나?
메피스토 이 외투를 활짝 펼치면
우릴 태우고 공중으로 날아갈 거요.
허니 이런 대담한 행차에
큰 보따리는 가져갈 생각도 하지 마소.
내가 준비한 약간의 불기운이
우릴 이 땅에서 훌쩍 들어올릴 거요.[21]
그러니 우리가 가벼울수록 빨리 올라간단 말이오.
당신의 새 출발을 축하하오!

라이프치히의 아우어바흐 지하 술집

경망스러운 소소리패의 술판.

프로쉬 아무도 안 마실래? 웃지들 않을래?
네놈들 표정 어떻게 지어야 하는지 내가 가르쳐 주지!
짜식들, 평소에는 확확 타오르던 놈들이
오늘은 왜 이렇게 물먹은 짚단 같으냐?

브란더 그거야 네놈 때문이지, 네가 가만히 있으니까.
등신짓도 난장판도 벌이지 않으니.

프로쉬 (브란더의 정수리에 포도주를 한 잔 붓는다.)
자, 둘 다 받아라!

브란더 야이 새끼야!

프로쉬 네놈이 원했잖아, 원하는 대로 해줬는데 왜!

지벨 싸움박질 하려거든 바깥으로 나가!
가슴팍 풀어젖히고 노래나 부르자, 마시고 소리 질러!
자, 시작! 훌라 호!

알트마이어 아이구 나 죽겠네!
솜 좀 가져와! 저 새끼 때문에 귀청 터지겠다.

지벨 저 둥근 천장이 메아리를 보내줘야
베이스톤의 저력을 한껏 느끼지.

프로쉬 맞아, 기분 나쁘면 밖으로 나가란 말야!
아! 타라 라라 다!

알트마이어 아! 타라 라라 다!

프로쉬 이제 목청은 조율됐다.

노래한다.

사랑하는 신성로마제국아,
어이해 아직도 버티고 있느냐?

브란더 구역질나는 그 노래! 집어쳐! 정치 노래 진절머리난다!
그놈의 신성로마제국 돌볼 필요 없는 세상에 태어난 것을
아침마다 하느님께 감사나 드려라!
나는 적어도 내가 황제나 재상이 아닌 것을
큰 행운으로 안다 이놈들아.
그러나 우리에게도 두목이 없을 순 없지.
우리도 교황 하나 뽑자,
어떤 자격이 있어야 추대되는지는
다들 알 테지.

프로쉬 (노래한다.)
푸르르 날아라 꾀꼬리야,
내 님에게 천만 번 안부 전해다오.

지벨 님에게 안부라니 우라질! 듣기 싫다!

프로쉬 님에게 안부뿐만 아니라 키스도 보내겠다 이놈아,
네가 어쩔래!

노래한다.

빗장을 열어주오! 조용한 밤에.
빗장을 열어주오! 내 님 깨시네.

빗장을 닫아라! 꼭 두새벽에.

지벨 그래 불러라 불러 자꾸, 그년 잘났다고 실컷 자랑해라!
때가 되면 실컷 웃어주마.
그년이 날 속인 것처럼 너한테도 그럴 거다.
그년한텐 서방감으로 도깨비를 안겨줘야 해!
도깨비 년놈끼리 네거리에서 농탕질하라지.
그러면 브로켄[22]에서 돌아오는 음탕한 늙은 염소
껑충껑충 뛰어가다 매해 하며 저녁인사 하겠지!
혈통이 순수하고 몸뚱아리가 단단한 사내는
그런 창녀 같은 년에게는 과분하단 말이다.
안부는 무슨 안부,
차라리 그년 집 창문에 돌이나 던져라!

브란더 (식탁을 두들기며)
조용! 조용! 내 말 좀 들어봐!
자 여러분, 내가 멋지게 살 줄 아는 놈이라는 건 다들 아시지.
자, 여기 사랑에 빠진 친구가 두 명 앉아있소이다,
그러니 내 어찌 이들에게 저녁인사조로
우리 신분에 맞는 귀한 것을 증정하지 않겠소.
그러니 정신 차리고 들어! 최신곡이니까!
후렴은 다 같이 우렁차게 부르드라고!

노래한다.

지하실 보금자리에 쥐 한 마리
기름기와 버터만 먹고 살았더라네.

마치 루터 박사님처럼
배때기가 뽈록 나왔더라네.
식모년이 갖다놓은 쥐약 먹더니
쥐새끼 세상이 캄캄해졌더라네.
가슴에 님 생각 품은 것처럼.

합창 (환호성을 지르듯이)

가슴에 님 생각 품은 것처럼.

브란더

이리 뛰고 저리 뛰고 들어갔다 나왔다 하며
시궁창마다 찾아내 썩어빠진 물 들이키고,
온 집안 물어뜯고 갉아내며
그 많은 분통 쏟아냈건만 소용없었네.
공포에 질려 펄펄 뛰더니만
불쌍한 이놈 급기야 뻗어버렸네.
가슴에 님 생각 품은 것처럼.

합창

가슴에 님 생각 품은 것처럼.

브란더

겁에 질린 쥐새끼 백주대낮에
부엌으로 달려와서는
부뚜막 앞에 쓰려져 꿈틀대다
가는 숨만 할딱거렸네, 가련하게도.
그러자 식모년 웃으며 하는 말이

하! 요놈이 마지막 구멍에 대고 피리를 부네.
가슴에 님 생각 품은 것처럼.

합창
가슴에 님 생각 품은 것처럼.

지벨 천박한 놈들 좋아서 죽겠다 하네!
불쌍한 쥐새끼한테 독약 멕인 것이
큰 재주인 줄 알고 날뛰는구나!

브란더 네놈은 쥐를 꽤나 좋아하는 모양이지?

알트마이어 야, 훌러덩 까진 대머리 배불뚝이야!
계집복이 없어 기가 죽었구나.
퉁퉁 부어터진 쥐새끼 보더니
자신과 같다는 생각을 한 모양이군.

파우스트와 메피스토가 등장한다.

메피스토 우선 당신을
유쾌한 패거리 소굴로 안내해야겠어요,
아주 쉽게 사는 방법을 보여주려면.
그들에게는 하루하루가 잔칫날이죠.
재주는 없지만 모두 흥겹게
춤을 추듯 작은 원을 그리며 뱅글뱅글 돌죠,
마치 자기 꼬리를 물고 뱅뱅 도는 고양이처럼.
머리가 쑤셔대지만 않으면,
주인이 계속 외상을 긋게 해주면
아무 걱정 없이 퍼덕대며 살죠.

브란더 저 새끼들 여행하는 놈들이군,
괴상한 꼬락서니만 봐도 알 수 있지.
여기 온 지 한 시긴도 안 된 놈 들이야.
프로쉬 정말 그러네, 네 말이 맞아! 우리 라이프치히야 멋지지!
'작은 파리'라고들 하지 않냐! 사람을 세련되게 만드는 곳이지.
지벨 저 처음 보는 새끼들 뭐하는 놈들 같아?
프로쉬 나 잡지 마! 술 잔뜩 마시게 해서
어린아이 이빨 빼듯 내가
저놈들 콧구멍에 든 것까지 빼낼 테니.
거죽을 보니 귀한 집 자식들 같군,
거만하고 떨떠름해 하는 표정하고 말야.
브란더 협잡꾼들이야 틀림없이. 내기하자!
알트마이어 그럴지도 모르지.
프로쉬 보고만 있어들! 놈들 주리를 틀어놓을 테니까!
메피스토 (파우스트에게)
멍청한 놈들은 악마가 옆에 와있어도 모르죠,
악마한테 목덜미까지 잡혔는데도.
파우스트 안녕하십니까 여러분!
지벨 인사 고맙소이다.
옆에서 메피스토를 쳐다보며 나지막한 소리로.
아니 이놈은 한쪽 다리를 절잖아?
메피스토 당신들 옆에 앉아도 되겠소이까?
좋은 술은 있을 것 같지도 않으니

재미있는 얘기나 들어봅시다.
알트마이어 선생은 꽤 고급으로만 노시는 모양이구려.
프로쉬 리파흐[23]에서 늦게 출발하셨나 봅니다?
거기서 한스 씨하고 밤참이라도 드셨소이까?
메피스토 오늘은 그 친구 안 보고 왔소이다.
저번에 만났을 때는
사촌님들 얘기 많이 합디다.
여러분에게 한 분 한 분 안부도 전해 달라 하더이다.

프로쉬에게 절을 한다.

알트마이어 (나지막한 소리로)
한방 먹었네! 저 새끼 제법인데!
지벨 능구렁이 같아!
프로쉬 기다려 잠깐, 내가 해치울 테니!
메피스토 우리가 잘못 들은 게 아니라면 조금 전에
훈련받은 목소리로 합창들 하시던데?
여기서 노래 부르면 틀림없이
이 둥근 천장이 멋진 메아리를 보내줄 거요!
프로쉬 당신 혹시 음악을 잘 아슈?
메피스토 천만에! 잘 알지는 못하지만 아주 좋아하죠.
알트마이어 한자락 해보시오!
메피스토 원하신다면 얼마든지.
지벨 단 최신곡으로!
메피스토 우리는 방금 술과 노래의 나라

스페인에서 왔소이다.

노래한다.

옛날에 임금님 한 분 계셨는데
큼직한 벼룩 한 마리 길렀더라오 –

프로쉬 쉿! 벼룩 한 마리래! 무슨 뜻인지 알아?
나한테 벼룩이란 놈은 깨끗한 손님이지.

메피스토 (노래한다.)
옛날에 임금님 한 분 계셨는데
큼직한 벼룩 한 마리 길렀더라오,
친아들처럼
솔찮게 사랑했더라오.
여봐라 하고 궁중 재단사 불러오라 하니
재단사놈 헐레벌떡 뛰어와서는
도련님 저고리 바지 치수 잰다고 한바탕
법석 떨었더라오!

브란더 잊지 말고 재단사놈에게 주의 주시오,
내 옷 만들 때는 정확하게 재야 한다고.
모가지 멀쩡하길 바라면
바지에 구김살 하나 없게 해야 한다고!

메피스토 그리하여 이 도련님 온몸을
비단과 우단으로 휘감고
도포에 오색띠 두르고
십자훈장까지 달고 보니

당장 대신이 되고 싶어
큼직한 별훈장까지 받았더라오.
그러자 그의 동기간들까지 다
큼직한 감투 하나씩 썼더라오.
그러다 보니 궁중 대관과 귀부인 들
고생이 말이 아니었더라오.
왕비와 시녀까지도 마구
물리고 뜯겼더라오.
그렇다고 짓이겨 죽이지도 못하고
긁어내 털어버리지도 못했더라오.
우리 같으면 무는 즉시 짓이겨
숨통을 끊어버렸을 텐데.

합창 (환호성을 지르듯이)
우리 같으면 무는 즉시 으깨서
숨통을 끊어버렸을 텐데.

프로쉬 브라보! 브라보! 잘 했소 멋지게 !

지벨 벼룩 같은 놈들은 모조리 죽여없애야 해!

브란더 아니지 핀셋 같은 손놀림으로 살짝 잡아내야지!

알트마이어 자유 만세! 술도 만세!

메피스토 저도 자유를 찬양하기 위해 한잔 들이키고 싶소이다.
여러분이 마시는 술이 좀 더 좋은 것이라면 말이외다.

지벨 다신 그따위 소리 지껄이지 마라!

메피스토 다만 술집 주인장이 화를 낼까 걱정이지만

그러지만 않는다면 귀하신 여러분께
우리집 지하 술광에서 가져온 고급 술을 드리고 싶소이다.

지벨 어서 내놓기나 하시오! 뒷일은 내가 책임질 테니.

프로쉬 좋은 술 한잔 내신다면 우리가 칭찬해 드리지.
그러나 맛만 보라고 찔끔 내놓지는 마시오.
술맛 제대로 감별하려면
입에 한가득 부어야 하니까.

알트마이어 (나지막한 소리로)
저 새끼들 낌새를 보니 라인 지방 놈들이네.

메피스토 구멍 뚫을 송곳망치 하나 가져오시오!

브란더 어디 쓰시게?
문 밖에 술통이라도 갖다놨다는 말이오?

알트마이어 저 뒤쪽에 집주인 연장통이 있소이다.

메피스토 (송곳망치를 집어들며 프로쉬에게)
자, 말씀하시오, 무슨 술을 드시겠소?

프로쉬 무슨 말이오? 술이 여러 가지가 있다는 말이오?

메피스토 한 분 한 분 다 원하시는 대로 드리겠소.

알트마이어 (프로쉬에게)
아니! 네놈은 벌써 입맛부터 다시냐.

프로쉬 좋소! 마음대로 고르라니 난 라인 포도주를 주시오.
고향 술이 최고지.

메피스토, 프로쉬가 앉아있는 쪽 식탁에다 구멍을 뚫는다.

메피스토 밀납 좀 가져오시오! 마개도 만들어야 하니.

알트마이어 아, 이건 요술 장난이군.

메피스토 (브란더에게)
선생은?

브란더 난 샴페인을 마시겠소.
거품을 잘 내주시오!

메피스토가 구멍을 뚫는 사이
한 놈이 밀납마개를 만들어 구멍을 막는다.

브란더 외국산이라고 노상 마다만 할 순 없지,
고급품은 대개 멀리 있거든.
진짜 독일인이라면 당연히 프랑스놈을 싫어하지만
그놈들 술은 즐겨도 괜찮지.

지벨 (메피스토가 다가오자)
솔직히 말해 난 시큼한 걸 좋아하지 않으니
아주 단 것으로 한잔 주이소!

메피스토 (계속 구멍을 뚫으며)
당신한텐 토카이[24] 술이 쏟아지게 해주겠소.

알트마이어 잠깐, 여보쇼 내 눈을 똑바로 보슈!
보아하니 형씨들 우릴 놀리려는 것 같은데.

메피스토 아니 무슨 그런 말씀을! 이렇게 귀하신 분들을
놀리다니, 감히 어떻게 그런 생각을 하겠소이까.
자, 얼른! 빼지 말고 말씀만 하시오!
어떤 술로 모시오리까?

알트마이어 뭐든 좋소! 잔소리나 하지 마시오.

메피스토 (모든 사람의 술통에 구멍을 하나씩 뚫고 틀어막은 다음 야릇한 몸짓을 하며)
포도나무에는 포노송이 달렸것다!
뿔 달린 것은 숫염소,
포도주는 액체, 포도는 나무이니
목제 식탁에서도 술이 나오기 마련.
자연을 꿰뚫어 보라!
여기에 기적이 있나니 의심하지 마라!
자, 이제 마개를 뽑아제치고 신나게들 드시오!

일동 (마개를 뽑으니 각자 원하던 술이 술잔으로 쏟아진다.)
야, 신기하다, 분수처럼 콸콸 쏟아지네!

메피스토 한방울이라도 흘리지 않게 조심들 하시오!

모두 연거푸 마셔댄다.

일동 (노래한다.)
얼씨구 신이 난다, 식인종이라도 된 것처럼 신이 난다.
암돼지 오백 마리가 지랄하는 것처럼 재미있구나!

메피스토 민초들은 자유분방하군요, 보세요 얼마나 좋아들 합니까!

파우스트 난 그만 떠나고 싶네.

메피스토 일단 잘 관찰이나 하시오, 지금부터 야수성이
올라올 테니.

지벨 (마구 마시다 바닥에 흘린 술에서 불꽃이 인다.)
사람 살려! 불이야! 사람 살려! 지옥불이다!

메피스토 (불을 향해 주문을 외운다.)

진정할지어다 불의 원소는!

일동을 향해서.

이번에는 한줄기 씻김불에 불과했소.

지벨 뭐가 어쩌고 저쨌? 너! 혼 좀 나봐라!

네놈이 아직 우릴 몰라보는 모양이구나.

프로쉬 또 그따위 짓만 해봐라!

알트마이어 내 생각에는 저놈을 조용히 가게 놔두는 게 좋겠는데.

지벨 형씨 뭐하는 작자요? 감히 어디서

요술을 써먹겠다는 거요?

메피스토 아가리 닥쳐! 이 늙다리 술바가지야!

지벨 뭐야, 이 똥빗자루 같은 놈이!

우리한테 개기기까지 해?

브란더 좋다 이 새끼야, 주먹 세례나 받아라!

알트마이어 (식탁 위 마개 하나를 잡아빼자 불길이 자신에게 솟는다.)

아이구 나 타죽는다!

지벨 마술이다!

찔러라! 이런 놈은 죽여도 좋다!

소소리패가 칼을 빼들고 메피스토에게 덤빈다.

메피스토 (엄숙한 몸짓으로)

가짜 형상과 말은

의미와 장소에 따라 달라지는 법!

여기든 저기든 어디든 있으렷다!

놀란 소소리패가 서서 서로 쳐다본다.

알트마이어 여기가 어디냐? 경치 한번 죽이는구나!

프로쉬 포도원이다! 내가 똑바로 봤나?

지벨 금방 포도송이가 손에 잡힐 것 같네!

브란더 여기 이 푸른 라우베 밑을 봐봐,
포도넝쿨이 가득 찼어! 포도송이가 주렁주렁 달렸구나!

지벨의 코를 잡는다.
다른 이들도 서로 코를 잡고 칼을 치켜든다.

메피스토 (계속 엄숙한 몸짓으로)
미혹이여, 눈의 굴레를 풀어주라!
그리고 네놈들은 악마의 장난을 잘 기억해라.

파우스트와 함께 사라진다.
소소리패는 서로 잡았던 손을 놓는다.

지벨 어떻게 된 거지?

알트마이어 아니 이게?

프로쉬 자네 코였어?

브란더 (지벨에게)
자네 코는 내 손에 잡혀있군.

알트마이어 한방 맞은 거야, 사지가 덜덜 떨린다!
의자 이리 내놔, 고꾸라질 것 같다!

프로쉬 아니 도대체 어떻게 된 거야?

지벨 그 새끼 어디 갔어? 잡히기만 하면
그냥 두지 않겠다!

알트마이어 그놈이 문 밖으로 나가는 걸 봤어 –
술통을 타고 가는 걸 –
그런데 내 발이 납덩이처럼 천근만근이네.

식탁 쪽으로 몸을 돌리며.

내 술! 아직도 쏟아질까?

지벨 다 사기였어, 농간이고 환상이었다구.

프로쉬 하지만 난 지금도 술을 마신 것 같은 기분이야.

브란더 그런데 그 포도송이는 어떻게 된 거지?

알트마이어 이래도 기적을 믿지 말라고 할 수 있나!

마녀의 부엌

야트막한 부뚜막에 커다란 가마솥이 걸려있고
아궁이에는 불이 지펴있다.
가마솥에서 올라오는 김 속에 여러 형상이 나타난다.
긴 꼬리 암원숭이 하나가 가마솥 앞에 앉아
거품을 걷어내며 넘칠까 지켜보고,
숫원숭이는 새끼들과 그 옆에 앉아 불을 쬐고 있다.
벽과 천장에는 마녀가 쓰는 기이한 도구들이 걸려있다.

파우스트, 메피스토.

파우스트 이런 미치광이 지랄 같은 마술의 소굴은 정말 역겹다!
개지랄 같은 이런 난장판 속에서
내 병을 고쳐준다고?
늙은년한테 조언을 구하라고?
저런 더러운 국물로 내 몸에 붙은
삼십 년 짐을 없앨 수 있다고?
더 좋은 비책을 모른다니 내 신세가 기가 막힐 뿐이다!
희망은 이미 사라졌다.
자연도 고매한 신령도
영약을 찾지 못했다는 말이냐?

메피스토 여보시오, 또 잘난 척 하시는구려!
당신을 젊어지게 하는 데는 자연요법도 있소이다.
허나 그것은 다른 책에 나오는데

희한한 대목이 있죠.
파우스트 그걸 말해봐.
메피스토 좋습니다! 그건 돈도 의사도
마술도 필요 없는 요법이죠.
당장 들판으로 나가
호미질 삽질 하며
몸도 마음도 철저히 제한하는 울타리 속에
갇혀 사는 거죠.
아무것도 섞지 않은 음식 먹고
가축과 더불어 짐승처럼 살며 당신이 수확할 밭에다
손수 거름 주는 일도 마다하면 안 되죠.
내 말 믿으라구요
그게 여든까지도 젊게 살 수 있는 비법이니!
파우스트 내가 언제 그런 일을 해봤어야지.
삽질은 못 할 것 같네,
그런 갑갑한 삶은 나한테 어울리지도 않고.
메피스토 그러니 마녀에게 신세를 질 수밖에요.
파우스트 그런데 왜 하필이면 늙은 할멈이란 말이냐!
네놈은 그 약을 만들 수 없냐?
메피스토 뭐하러 시간을 허비합니까!
그럴 시간에 차라리 다리를 천 개 놓겠소이다.
그런 일에는 지식과 기술만이 아니라
인내심이 필요해요.

몇 년 동안 차분하게 공을 들여야 한다구요.
시간이 흐를 만큼 흘러야 그 오묘한 약이 제대로
발효된단 말이외다.
그리고 또 이 일에 필요한 도구들이 아주 기이하다구!
악마가 그 비법을 마녀에게 가르쳐 줬지만
악마는 만들 수 없소이다.

짐승들을 바라보며.

보시오, 얼마나 귀여운 족속이오!
이건 계집종! 저건 사내종!

짐승들에게.

마담은 집에 없는 모양이군?

짐승들 잔치에 가셨죠,
집 밖으로요.
굴뚝으로 나가셨죠!

메피스토 서방질은 보통 얼마 동안 하나?

짐승들 우리가 손발을 녹이는 동안입죠.

메피스토 (파우스트에게)
저 귀여운 놈들 어떻소?

파우스트 이런 망측한 꼴은 처음 본다!

메피스토 아니오, 지금 주고받은 말이야말로
내가 제일 재미있어 하는 대화라는 걸 명심하시오!

짐승들에게.

야, 이 우라질년놈들아

너희가 휘젓는 죽이 무슨 죽이냐?
말 좀 해보거라.

짐승들 다들 아는 멀건 죽이지요.

메피스토 그렇다면 손님이 많이 올 모양이군.

숫원숭이 (메피스토에게 다가와 알랑댄다.)
자, 어서 주사위를 던지세요.
제발 저를 부자로 만들어 주세요,
제발 제가 이기게 해주세요!
제 신세가 말이 아닙니다.
나도 돈만 있으면
사람 행세할 수 있다구요.

메피스토 요런 원숭이는
복권만 살 수 있어도 행복에 겨워한단 말야!

그러는 사이 새끼 원숭이들이 큰 공을 갖고 놀다가
그 공을 굴리며 앞으로 나온다.

숫원숭이 이것이 세상이다.
올라갔다 내려갔다
자꾸자꾸 굴러간다.
유리 같은 소리 낸다 —
깨지기도 잘 하지!
속은 텅텅 비었는데
요기서 반짝
조기서 더 반짝

나는 살아있다!
사랑하는 나의 아들아
가까이 가지 마라!
잘못하면 골로 간다!
세상은 질그릇과 같으니
산산이 조각날 것이다.

메피스토 저 체[25]는 어디다 쓰는 거냐?

숫원숭이 (체를 꺼내 와서)
만약에 당신이 도둑이라면
이걸로 금방 알 수 있죠.

체를 들고 암원숭이한테 뛰어간다.

이 체로 들여다봐!
도둑인 걸 알아도
도둑이라고 말해서는 안 되잖아?

메피스토 (불가로 다가가며)
이건 또 뭐냐?

암수 원숭이 멍청한 양반!
냄비를 모르시네,
가마솥을 모르시네!

메피스토 버르장머리하고는!

숫원숭이 이 털이개[26]를 들고
이 의자에 앉으세요!

메피스토를 억지로 앉힌다.

파우스트 (계속 거울 앞에서 다가섰다 물러섰다하더니)
저건 뭐지? 선녀 같다!
이게 마법의 거울인가!
오 사랑이여, 제일 날쌘 네 날개를 빌려다오,
날 그녀가 있는 곳으로 데려다다오!
아! 내가
가까이 가면 너는
안개 속으로 사라지는 것 같구나!
세상에서 가장 아름다운 여인아!
어이 이다지도 고울까?
저 미끈한 몸에서
세상의 정수를 본단 말인가?
이런 존재가 지상에 있단 말인가?

메피스토 있구 말구요, 신이라는 자가 엿새나 기를 쓰고 나서
마지막 날 쾌재를 외쳤으니
그럴 듯한 게 나오지 않았겠소.
이번에는 눈요기나 실컷 하시구려,
당신 위해 그런 귀여운 아이 하나쯤은 조달할 수 있소이다.
운 좋게 그런 여자를 신부로
맞이하는 사람은 복이 터졌네!

파우스트, 계속 거울을 들여다본다.
메피스토, 의자에 펴져 앉아 털이개로 장난을 치며
계속 말을 한다.

여기 앉으니 옥좌에 앉은 임금님 같구나,
왕홀은 쥐고 있는데 왕관이 없군.

짐승들 (그 사이 별별 기괴한 몸짓을 하다가 소리지르며 메피스토에게 왕관을 갖다준다.)

오, 바라옵건데
제발 이 관을
피와 땀으로 붙여주세요!

관을 어설프게 다루다 두 동강[27]나자
손에 들고 이리저리 뛰어다니며 논다.

드디어 일이 터졌구나.
우린 연설을 하고 연설을 듣고
구경을 한다, 운에 맞춰 시를 짓는다!

파우스트 (거울을 향해서)

아, 괴롭도다! 미칠 것만 같구나.

메피스토 (짐승들을 가리키며)

이젠 골이 흔들리기 시작하는군.[28]

짐승들 운만 트이면,
우리에게 운만 따르면
그것이 곧 사상이 된다![29]

파우스트 (계속 거울을 향해서)

내 속이 타기 시작한다!
어서 여기서 떠나자, 어서!

메피스토 (계속 짐승들을 가리키며)

이젠 인정할 수밖에 없군,
이놈들이 진정한 시인이라구.[30]

암원숭이가 내버려둔 가마솥이 넘치기 시작한다.
커다란 불기둥이 일어 굴뚝 쪽으로 치솟는다.
마녀가 소리지르며 불길을 뚫고 뛰어내린다.

마녀 아우! 아우! 아우! 아우!
우라질 짐승들아! 이 돼질년아!
가마솥을 내버려둬 안주인을 그을리게 해!?
이 돼질놈아!

파우스트와 메피스토를 쳐다보며.

아니 이건 뭐하는 놈들이야?
당신들 뭐냔 말야?
여기서 무슨 짓을 하려는 거야?
뭐하는 놈들이길래 여길 몰래 들어와?
불벼락으로 골수까지
지져주겠다!

거품 걷어내는 국자를 가마솥에 처넣었다가
파우스트와 메피스토, 짐승들한테 마구 불똥을 튀긴다.
짐승들 캑캑거리며 울어댄다.

메피스토 (손에 든 털이개를 거꾸로 잡고 유리그릇이며 항아리들을 마구 친다.)

모조리 박살낼 테다!
죽, 쏟아져라!

그릇, 깨져라!
이건 약과다.
너 이 썩을년 네년 가락에
박자 맞춰주는 거다.

잔뜩 화가 난 마녀가 기에 질려 뒤로 물러선다.

이제야 날 알겠느냐? 이 해골바가지 같은 육시럴년아!
이제 네 주인이 누군지, 네 스승이 누군지 알겠느냐?
내가 다 때려부숴도 날 막을 놈 없다,
네년과 원숭이 년놈들 모조리 박살내고 말겠다!
이젠 이 빨간 조끼를 받들지 않겠다는 거냐?
이 수탉깃을 못 알아본다는 거냐?
내가 얼굴을 가렸더냐?
내 입으로 내 이름을 말하라는 거냐?

마녀 아이구 어르신이시군요, 용서하세요 거칠게 모신 것을!
어디 말발굽[31]이 보여얍죠.
그런데 늘 붙어다니는 까마귀 둘은 어디 갔습니까요?

메피스토 이번엔 이 정도로 끝내주마.
허기사 얼굴 본 지가
언제인지 모르니.
온 세계를 핥는 그 문화라는 게
악마한테까지 손을 뻗치기도 했구.
이젠 북방 도깨비는 볼 수 없지,
그 뿔이며 꼬리며 발톱을 어디서 보겠어?

말발굽만 해도 그래, 그것만은 포기할 수 없지만
사람들 눈에 띄면 곤란하지.
그래서 나도 몇 년 전부터 젊은놈들처럼
가짜 다리를 달고 다니지.

마녀 (춤을 추며)
사탄 어르신을 다시 뵈니
얼마나 기쁜지 모르겠어요!

메피스토 요것아, 그 호칭은 입에 올리지도 마라!

마녀 왜요? 이 호칭이 당신한테 무슨 피해라도 줬나요?

메피스토 오래 전부터 그 호칭은 동화책에서나 볼 수 있지.
그렇다고 사람들이 더 잘 살게 된 건 아니지.
악마에게서 벗어나기는 했지만 악마 같은 자는 여전히 있으니까.
자기야, 이젠 나를 남작님이라고 불러, 그럼 일이 잘 될 거야.
나도 귀족 난봉꾼들과 똑같은 난봉꾼 귀족이라는 말이지.
내가 귀족 혈통인 걸 의심하지는 않겠지?
자, 이걸 보라구, 이게 우리 집안 문장이야!

음탕한 몸짓을 한다.

마녀 (간드러지게 웃으며)
하 하 하! 그 버릇 여전하셔!
당신은 언제 봐도 멋진 장난꾸러기야!

메피스토 (파우스트에게)
이 양반아, 이런 걸 좀 배워두시라구!
마녀들은 이런 식으로 다뤄야 한단 말야.

마녀 그건 그렇고 두 분 무슨 일로 오셨는지요?

메피스토 그 유명한 약 한잔 까뜩 가져와!
특별히 부탁하는데 제일 오래된 거로.
세월이 약발을 배가시키는 법이니까.

마녀 드리구 말구요! 여기 이 병에 든 건
나도 가끔 홀짝댄답니다.
이건 이제 구린내도 전혀 안 난다구요.
이걸로 한잔 흔쾌히 드릴게요.

나지막한 소리로.

허지만 이분이 아무 준비 없이 이걸 마시면
당신도 알다시피 한 시간도 못 살 텐데요.

메피스토 이분은 나한테 좋은 친구이니 약발이 잘 듣게 해봐,
당신 부엌에서 제일 좋은 걸 드렸으면 하는데.
당신 기공으로 원도 그리고 주문도 외워
한잔 가득 드려봐!

마녀가 기묘한 몸짓으로 원을 그린 다음
그 안에다 이상한 물건들을 갖다놓는다.
그러는 사이 유리그릇들이 울리고 가마솥도 소리를 내니
음악이 만들어진다.
마지막으로 큼직한 책 한 권을 갖다놓고
원 안으로 원숭이들을 배치한다.
어떤 원숭이한테는 책상 노릇을 하라 하고
어떤 원숭이한테는 횃불을 들라 한다.
마녀가 파우스트에게 다가오라고 눈짓을 한다.

파우스트 (메피스토에게)

아니 대체 뭐하자는 거야?
이 요상한 기물이며 미친 짓들이며
다 망측한 사기 아냐.
나도 알아, 정말 지긋지긋하다.

메피스토 아니 무슨 그런 말씀을! 그냥 웃어넘겨요.
그렇게 빡빡하게 구시지 말구!
저년도 의사[32]이니 약발이 잘 듣게 하려면
주문 같은 거 하나는 외우지 않겠소.

파우스트를 강제로 원 안에 들어가게 한다.

마녀 (아주 과장스러운 소리로 책을 읽기 시작한다.)

넌 터득해야 하나니!
하나에서 열을 만들라,
둘은 가게 놔두고
셋을 만들라,
그러면 부하리라.
넷은 버려라!
다섯과 여섯에서
일곱과 여덟을 만들면
완성되느니라,
이것이 마녀의 말씀이니라.
아홉은 곧 하나요
열은 없느니라.

이것이 마녀의 구구단이다.[33]

파우스트 이 할멈이 열병에 걸려 헛소리를 하는 것 같군.

메피스토 끝나려면 한참 멀었소이다.
잘 알죠, 저 책은 온통 저런 식이지요.
나도 저 책 갖고 꽤 많은 시간 날렸소만
그도 그럴 것이 완전한 모순은
현자에게나 바보에게나 신비하기 마련이니까.
그렇지 않소 친구 양반, 사람 홀리는 기술은
예나 지금이나 똑같으니 말이오.
셋은 하나요 하나는 셋이요[34] 하며 늘
진리 대신 오류를 퍼트린다 그 말이외다.
계속 그렇게 거침없이 지껄이며 가르친다는 말이오.
그런 어리석은 짓에 누가 대항하려 하겠소?
무슨 소리든 그 말에
생각할 가치가 있다고 보는 게 사람이죠.

마녀 (계속 책을 읽는다.)
지고한 학문의 힘은
세상 어디에나
감춰져 있도다!
그 힘을 깊이 생각하지 않는 자에게는
선물로 주어지나니
그런 자는 애쓰지 않고 그 힘 가지리라.

파우스트 아니 저 여자 무슨 잠꼬대 같은 소릴 늘어놓나?

머리가 깨질 것 같군.
미치광이 수천 놈이
떠들어대는 것 같군.

메피스토 그만 그만, 잘 했소이다 무당마님!
어서 그 약 가져와 잔이
넘치도록 철철 부어드리라구,
내 친구 그 약 때문에 탈이 나진 않을 테니.
경험이 많으신 분이니
좋은 거 많이 드셔보지 않았겠소.

마녀가 갖가지 의식을 올리며 잔에다 약을 따른다.
파우스트가 잔을 입에 대자 작은 불꽃이 인다.

메피스토 쭈욱 단숨에 들이키시오! 그대로 쭈욱!
금세 가슴이 쿵쾅댈 거요.
악마랑 너냐 나냐 하는 사람이
그깟 불꽃을 무서워 한단 말이오?

마녀가 원을 풀자 파우스트가 원 밖으로 나온다.

메피스토 자, 어서 나갑시다! 꾸물대면 안 돼요.

마녀 약이 잘 듣길 바랄게요!

메피스토 (마녀에게)
나한테 부탁할 일 있으면
어려워하지 말고 발푸르기스의 밤[35]에 말해.

마녀 여기 이 노래! 가끔 부르시면
특별히 더 효험을 볼 거예요.

메피스토 (파우스트에게)

자, 빨리 오시오, 내 안내하리다.
어차피 약이 잘 배어들게
땀을 빼야 하니까요,
점잖게 농땡이치는 맛은 다음에 가르쳐 드리리다.
조금만 있으면 신나게 느낄 거요,
사랑의 화신 큐피드가 발동해서 요리조리 뛰는 것을.

파우스트 빨리 한번 더 저 거울 속을 봐야겠다.
그 여인 정말 아름다워!

메피스토 안돼요 안돼! 곧 모든 여자의 이상형을
보여주리다.

나지막한 소리로.

그 약이 네놈 몸에 들어갔으니 너는 이제
모든 여자가 헬레나[36]로 보일 것이다.

길거리

마르가레테가 파우스트 앞을 지나간다.

파우스트 어여쁜 아가씨,[37]
제가 팔짱을 끼고 모셔다드려도 될까요?
마르가레테 저는 아가씨도 아니고 예쁘지도 않아요,
혼자서도 집에 갈 수 있어요.

파우스트를 뿌리치고 간다.

파우스트 허, 고것 참 예쁘구나!
조런 거 처음 보네,
얌전하고 의젓한데다가
새초롬하기까지 하다니.
바알간 입술, 반들반들한 뺨,
죽어도 못 잊겠네!
살짝 내려까는 고 눈,
내 가슴에 깊이 박히는구나.
톡쏘며 뿌리치는 고 모습
정말 환장하겠다!

메피스토 등장.

파우스트 이봐, 저 아이 당장 내 것으로 만들어 줘!
메피스토 아니 어느 아이 말씀인가요?
파우스트 지금 막 지나갔다.

메피스토 아, 저 아이요? 걔 지금 신부 만나고 오는 길인데
신부놈이 죄가 없다 했죠,
내가 고해석 옆을 지나왔거든요.
걔는 정말 순진 그 자체예요.
아무것도 아닌 일로 고해까지 하러 가니 원,
저런 애는 나도 어떻게 할 수가 없죠.
파우스트 그래도 열네 살[38]은 넘었겠지.
메피스토 이젠 아주 난봉꾼 왕초 한스 같은 소릴 하시는군.
예쁜 꽃은 다 갖고 싶고
정조니 호의니 다 꺾어 봉개도
괜찮다고 생각하시는 모양인데
아무때나 그럴 수 있는 건 아니죠.
파우스트 네놈이 도덕군자냐,
율법이 어쩌고 저쩌고 집어치우거라!
분명히 말하겠다,
이 어리고 아리따운 아이를 오늘밤 안에
내 품에 안겨주지 않으면
자정에는 우리 각각이 된다.
메피스토 생각 좀 하세요, 될 일이 있고 안 될 일이 있다구요!
낌새를 보는 데만도
두 주일은 걸릴 텐데.
파우스트 나한테 일곱 시간만 있어도
저런 계집애 꼬드기는 데

너 같은 악마는 필요하지 않다.
메피스토 이젠 아주 프랑스놈들 말투시군.
아무튼 화는 내지 마시오,
당장 재미를 봐야 맛이겠소?
귀여운 노리개는
일단 요리조리 뒤적이다가
별별 장난 다한 다음에
잘 반죽해서 잡숴야 더 맛이 있지.
왜 남국 소설에 그런 얘기 많이 나오지 않소이까.
파우스트 그런 짓 안 해도 내 식욕은 충분하다.
메피스토 자, 이제 농담이나 험한 말은 그만합시다.
내 장담하는데 저 어여쁜 애는
절대 서두르면 안 돼요,
폭풍처럼 달려들어서 좋을 게 하나도 없다구요.
작전을 짜야 해요.
파우스트 그럼 천사 같은 저 아이 물건 하나 가져와!
저 아이 침실로 날 데려다줘!
저 아이 목에 두른 스카프를 가져오든가,
양말끈도 좋고. 내 이 갈증을 풀 수 있게 말야!
메피스토 내가 그 안타까움을 어떻게든
풀어주려 한다는 걸 당신도 알 테니
우리 서로 시간 낭비하지 맙시다.
오늘 안으로 당신을 저 아이 방으로 데려다주리다.

파우스트 저 아일 만날 수 있을까? 안아볼 수 있을까?

메피스토 아뇨!

개는 이웃집 여자한테 갔을 거요.
당신은 재를 기다리는 동안 혼자서
미래의 쾌락에 온갖 기대를 갖고
처녀방 향기나 실컷 맡으시구려.

파우스트 지금 갈 수 있나?

메피스토 아직은 너무 일러요.

파우스트 저 아이에게 줄 선물을 준비해 두게.

되짐.

메피스토 당장 선물을 하시겠다? 잘 하시는군! 그럼 사업이
잘 되구 말구!
내가 좋은 곳 여러 군데 알지,
오래 전부터 보물들 묻혀있는 곳 말야.
어디 한번 둘러봐야겠군.

저 녁

작고 정갈한 방.

마르가레테 (머리를 땋아 틀어올리며)

아까 그분은 누구일까?
내가 알 수 있게 해주면 뭐든지 주겠어!
정말 늠름한 분이야.
지체 높은 집 사람이 틀림없어,
그 이마만 봐도 알 수 있지.
그렇지 않으면 그렇게 염치없는 짓은 못 했을 거야.

퇴장한다.

메피스토와 파우스트.

메피스토 들어와요 조용히, 들어오라니까!

파우스트 (잠시 말없이 있다가)

날 혼자 있게 해주게!

메피스토 (구석구석 훑어보며)

처녀들이 다 이렇게 깔끔하지는 않지.

퇴장한다.

파우스트 (주위를 둘러보며)

어서 오라 정겨운 저녁노을이여,
이 거룩한 성전에 스며드는구나!
희망의 이슬 마시며 겨우 살아가는

달콤한 사랑의 아픔이여, 내 마음 잡아다오!
이 구석구석에 정숙이,
질서와 자족이 숨쉬고 있구나!
이런 가난 속에 충만이 웬 말인가!
감옥 같은 이런 골방 속에 축복이 웬 말인가!

침대 옆 가죽 의자에 몸을 던진다.

오, 나를 받아다오, 기쁠 때나 슬플 때나
두 팔 벌려 조상들 맞이했을 의자여!
아, 가장이 앉는 이 의자에
어린 자녀들이 매달려 놀았겠지!
내가 사랑하는 그 아이도 성탄 선물에 감사하다며
토실토실한 뺨으로 늙은 할아버지의 손에
경건하게 입을 맞췄으리라.
오, 나는 느끼노라 소녀야, 살뜰하고도 참한
너의 마음을, 내 주위에서 살랑이는 너의 기운을.
바로 그 마음씨가 너에게 어머니처럼 매일
정갈하게 이 식탁보를 깔게 했으리라.
그리고 너의 발 밑에 물결지게 하얀 모래까지 뿌렸으리라.
오, 고 사랑스러운 손! 선녀 같은 손!
네 손 덕분에 오두막이 하늘나라되는구나.
그리고 이건!

침대 휘장을 걷어든다.

오, 소름 돋도록 날 사로잡는 이 쾌감!

몇 시간이고 난 여기 있고 싶도다.
자연! 그렇다, 이 천사 같은 아이를 이곳에서
가볍게 꿈을 꾸듯 키운 건 자연이다!
여기에 그 아이가 누워있었다, 따뜻한 생명의 기가
그 보드라운 가슴에 배어들고,
바로 여기서 순결하고 신령스러운 기운으로 짜여
성장한 것이다, 그 선녀 같은 모습으로!

그런데 너는! 널 여기로 이끈 게 무엇인가?
난 깊은 감동을 받았다!
여기서 넌 무얼 하려 하는가? 왜 이리 가슴이 조여올까?
불쌍한 파우스트! 난 이제 네가 누구인지 모르겠다.

내 주위를 감도는 이것이 마술의 향기인가?
당장 즐기려는 충동으로 여기까지 왔는데
나 꿈같은 사랑에 빠져 산산이 흩어지려 하는가!
우리 사람이란 바람 부는 대로 흔들리는 꼭두각시인가?

이 순간 그 아이가 들어오면
그 무례함을 어떻게 빌 테냐!
덩치만 큰 바보, 아, 창피한 소인배!
그 아이 발 밑에 엎드려 녹아버리리라.

메피스토 빨리 나오시오! 그 아이가 저 아래 오고 있어요.

파우스트 가자! 가! 다시는 안 올 테다!

메피스토 여기 제법 묵직한 상자 하나 가져왔소이다,

어디서 슬쩍한 거죠.
이걸 농 안에 그대로 넣어두시오.
장담하는데 그 아이 머리가 멍해질 거요,
내 당신을 위해 귀한 것 몇 가지를 넣었소이다.
원래는 딴 여자 꼬드기려고 한 것이었는데
여자들은 다 똑같지, 장난치기도 그렇고.

파우스트 내가 그렇게까지 해야겠나?

메피스토 무슨 말이 그리도 많소?
혹시 당신이 이걸 갖고 싶어 그러오?
그렇다면 자신의 쾌락을 위해
귀한 시간 낭비할 생각일랑은 하지도 마시오,
그리고 더는 내 속을 시끄럽게 하지 마시오.
설마하니 당신 자린고비는 아니겠지!
나만 머리를 긁적이며 두 손을 비벼대야 하나 —

상자를 농 안에 넣고 자물쇠로 다시 잠근다.

자, 갑시다! 빨리! — 이게 다
당신을 위해 저 귀여운 애를
당신 마음대로 소원대로 해주려는 거요.
그런데 당신은 마치
강의실에 들어갈까 말까 망설이는 것 같구려.
당신 앞에 물리학이니 형이상학이니 하는
잿빛 이론이 막아서기라도 하는 거요?
자, 갑시다!

퇴장.

마르가르테 (등불을 들고)

여긴 왜 이리 답답하고 후덥지근할까,

창문을 연다.

밖은 더운 편도 아닌데.
이유는 모르지만 뭔가 이상해 –
어머님이 빨리 돌아오셨으면 좋겠다.
온몸이 오들오들 떨리네 –
아무래도 난 바보처럼 겁이 너무 많은 것 같아!

옷을 벗으며 노래를 부르기 시작한다.

옛날 옛적 투울레[39]에 임금님 한 분 계셨었네.
무덤에 갈 때까지 약속 지키셨네.
그의 여인이 세상 떠나며
황금 술잔 하나 줬네.

그에게 그보다 더 귀한 건 없었네,
잔치 때마다 그 술잔 들었네.
그 잔으로 마실 때마다
눈물이 핑 돌았네.

죽을 날 다가오자
나라 안 고을 일일이 세어
세자에게 물려줬네.
그러나 그 잔만은 주지 않았네.

임금님 큰 잔치 베푸셨네.
주위에 장수들 쭈욱 모였네.
선왕들이 잔치 열던 높은 누각,
저 멀리 바닷가에 우뚝 서있는 성곽.

늙으신 임금님 일어나셨네.
마지막 생명의 불꽃 마시셨네.
그리고 그 신성한 술잔 던지셨네.
저 멀리 바다 속으로.

떨어지며 쓰러지며
바닷속 깊이 가라앉은 그 술잔
지켜보시다 두 눈 떨구셨네.
그 후에는 한 방울도 마시지 않으셨네.

옷을 치우려 농을 열다 상자를 발견한다.

이렇게 예쁜 상자가 어떻게 여기 있지?
분명히 내가 농을 잠갔는데.
참 이상도 해라! 이 속에 뭐가 있지?
혹시 누가 담보로 가져온 건가,
이걸 담보로 어머님이 돈을 꿔주시고.
리본에 열쇠가 달려있네,
열어볼까!
아니 이게 뭐지? 어머머! 이것 좀 봐,
이런 건 처음 보네!

정말 대단하네! 이런 장식품은 귀부인이
큰 잔치에 달고 갈 거야.
이 목걸이가 나한테 어울릴까?
이 멋진 것들은 누구 것일까?

몸에 걸고 거울 앞으로 다가간다.

이 귀걸이라도 내 것이었으면!
이걸 다니 금방 딴 사람 같네.
젊고 예쁘면 뭘해.
젊고 예쁜 게 좋다고들 하지만
다 말뿐인 것을,
그런 칭찬도 반은 불쌍하게 생각해서 하는 말인 것을.
결국은 모두
돈에 쏠리고
돈에 매달리는데. 아, 가난한 우리네!

산책길

파우스트, 생각에 잠겨 서성인다.
메피스토, 파우스트에게로 다가간다.

메피스토 에잇 빌어먹을! 퇴짜 맞은 사랑에 한을 품고,
지옥의 불에 걸고,
아니 더 지독하게 저주를 퍼붓고 싶은데 생각이 안 나니!
파우스트 왜 그러나? 왜 그렇게 오만상을 하고 야단인가?
그런 상판은 처음 본다!
메피스토 당장이라도 악마한테 날 맡기구 싶다구!
내가 악마가 아니라면 말야.
파우스트 머릿속에서 뭐가 뒤틀리기라도 했나?
넌 미친놈처럼 날뛰는 게 어울린다만!
메피스토 생각해 보쇼, 그 노리개를, 그레트헨[40]을 위해
준비한 것을
신부놈이 몽땅 가져갔으니! –
걔 어머니가 그걸 보자마자
무서운 생각이 들었다고 하네요.
그도 그럴 것이 그 마누라 냄새깨나 맡을 줄 알아
항상 기도서에 코 박고
가구란 가구는 모조리
정한지 부정한지 킁킁대고 다닌단 말이오.

그래 그 노리개가 축복 받을 물건이 아니란 걸
눈치챘다지 뭡니까.
그 어미가 "아가야" 하고 불러놓고는 이랬답니다.
의롭지 않은 재물은 불안해서 피를 말리는 법이니
성모님께 바치자,
그러면 성모님이 하늘의 양식으로 우리에게 기쁨을 주실 거다!
어린 마르가레테는 입을 삐쭉이며
없는 살림에 보태 쓰라고 줬을 텐데,
이걸 은밀하게 가져오신 분은
신을 저버린 사람은 아닐 거야!라고 생각했죠.
그런데 그 어미가 신부를 불러왔지 뭡니까!
그 신부놈은 사정을 듣기도 전에
물건을 보고는 홀딱 빠졌구요.
신부놈 하는 말이, 옳은 생각이십니다!
욕심을 버리면 얻을 수 있지요.
교회는 위장이 튼튼해서
수많은 나라를 삼켰어도
한번도 체한 적이 없소이다.
사랑하는 부인들, 오직 교회만이
부정한 재물을 소화할 수 있소이다.

파우스트 대개 그렇지,
유대인이나 왕 들도 곧잘 그러지.

메피스토 그러고는 팔찌며 반지며 목걸이를

값싼 물건인 양 쓸어챙기고는 마치 호두 한 광주리 얻어가듯
그 이상도 그 이하도 아닌 답례를 하고는
하느님이 모든 이에게 보상하실 거라고 약속했죠—.
그 말에 여자들은 감지덕지했구요.

파우스트 그럼 그레트헨은?

메피스토 안절부절못하고 앉아서
어떻게 하고 싶은지, 어떻게 해야 하는지 몰라
밤낮 그 패물을 생각하고,
그걸 가져다 놓은 사람을 더 생각하고 있죠.

파우스트 그 귀여운 아이가 힘들어 하다니
당장 새 패물을 준비하게!
사실 요전에 갖다놓은 것은 많지도 않았지.

메피스토 어련하시겠어요, 주인나으리는 모든 게 쉬울 테니!

파우스트 자, 어서 내가 시키는 대로 하거라!
그 아이 이웃 마누라를 잘 구슬려 놓으라고!
자, 자, 이 악마야 그렇게 죽처럼 퍼져있지 말고
어서 새 패물을 가져오란 말이다!

메피스토 아무렴요 주인나으리, 기꺼이 허구 말굽쇼.

파우스트 퇴장.

메피스토 여자한테 홀딱 빠진 저런 바보는
애인의 심심풀이를 위해서라면
해든 달이든 별이든 쏘아올리려고 안달이지.

퇴장.

이웃 여인의 집

마르테 (혼자서)

내 영감 천벌이나 받지 않으면 좋겠네.
그이는 나한테 잘 해주지 않았어!
무턱대고 바깥세상으로 뛰쳐나가
날 생과부로 만들었지.
정말이지 그이 마음 상하게 한 적 없는데,
정말이지 내가 그이를 사랑하는 건 하느님도 아시는데.

운다.

어쩌면 그이는 죽었을지도 몰라! — 아이고 원통해라! ——
사망증명서라도 받아야 하는데![41]

마르가레테가 온다.

마르가레테 마르테 아주머니!

마르테 그레트헨이구나, 왜 그러냐?

마르가레테 무릎이 떨려 주저앉을 거 같아요!
글쎄 이런 상자가 또 농 안에 있지 뭐예요.
흑단나무 상자예요,
속에 든 것들도 정말 멋져요,
저번보다 훨씬 많구요.

마르테 어머니한테는 말할 필요 없다.
또다시 곧장 고해하러 가실 테니.

마르가레테 어머나 이것 좀 보세요! 이것 좀!

마르테 (마르가레테를 꾸며준다.)

너는 참 복도 많구나!

마르가레테 하지만 이걸 달고 거리에도

교회에도 가면 안 되는데 좋은들 뭐하겠어요.

마르테 우리집에 자주 오거라,

여기서 몰래 차보면 되지.

한 시간 정도만 거울 앞에서 왔다갔다해도

기분 좋지 않겠니.

그러다 보면 차차 사람들에게 보일

기회도 생기고 축제도 있을 테니 말이다.

처음엔 목걸이만 해보고 그 다음엔 진주를 귀에 달아봐.

어머니는 못 알아보실 거야, 또 어떻게든 둘러댈 수도 있고.

마르가레테 대체 누가 두 번씩이나 상자를 갖다놨을까요?

아무리 생각해도 옳은 물건이 아닌 것 같아요!

문을 두드리는 소리.

큰 일났어요! 어머니가 오셨을까요?

마르테 (커튼 틈으로 내다보며)

낯선 신사인데 — 들어오세요!

메피스토 등장.

메피스토 죄송합니다 불쑥 찾아와서.

부인들께 용서를 빕니다.

마르가레테한테 경의를 표하며 뒤로 물러선다.

마르테 쉬베르트라인 부인이 계신지 여쭤보려구요.

마르테 전데요, 무슨 일로?

메피스토 (나지막한 소리로)

이렇게 뵈었으니 됐습니다.
갑자기 귀한 손님이 오신 것 같은데
함부로 들어와서 죄송합니다.
그럼 오후에 다시 오겠습니다.

마르테 (큰 소리로)

어머나 얘야 세상에!
이분이 널 귀한 집 아가씨로 보셨나 보다.

마르가레테 아이 참, 그건 지나친 호의십니다,
저는 가난한 집 아이예요.
장신구나 보석은 제 것이 아니에요.

메피스토 아, 아닙니다. 패물만 보고 하는 말이 아닙니다.
기품 있으시고 눈매 또한 총명해 보입니다!
제가 이 자리에 있어도 괜찮으시다면 영광으로 알겠습니다.

마르테 그런데 무슨 일로 오셨죠? 연유나 말씀하세요 –

메피스토 좀 더 좋은 소식이면 저도 좋을 텐데요!
속이 상하시더라도 저를 원망하지 마십시오.
주인께서 돌아가셨습니다. 저한테 소식을 전하라 부탁하셨죠.

마르테 아니 죽었다구요? 그 착한 사람이! 아이구!
영감이 죽다니! 난 이제 어떻게 사나!

마르가레테 어휴! 아주머니 낙심하지 마세요!

메피스토 자, 그러시지들 말구 슬프지만 들어보세요!

마르가레테 그래서 저는 평생 사랑을 안 할 거예요.
남편을 잃으면 죽고 싶어질 테니.
메피스토 기쁨에는 슬픔이, 슬픔에는 기쁨이 따르기 마련이죠.
마르테 그이가 어떻게 돌아가셨는지 얘기해 주세요.
메피스토 파두아에 유해를 모셨습죠.
성 안토니우스 성당 옆 묘소에
아주 정결한 자리를 잡아
영면에 들게 해드렸죠.
마르테 제게 더 전하실 게 없나요?
메피스토 네, 어렵고 중대한 청을 하나 하더군요.
제발 자기를 위해 미사를 삼백 번 올려달라구.
그 외에는 남기신 게 없습니다.
마르테 뭐라구요! 패물도 장신구도 하나 없단 말인가요!
그런 건 젊은 떠돌이 견습공도
전대 깊이 넣어두고 아무리 힘들어도
간직하기 마련인데, 구걸을 하며 사는 한이 있더라도!
메피스토 정말 안됐군요 부인,
허지만 그 사람이 돈을 함부로 쓴 건 아니에요.
자기 잘못을 깊이 뉘우치기도 했죠.
그래요, 자기는 운이 없는 사람이라고 한탄을 많이 했죠.
마르가레테 아, 운명이란 왜 이리 얄궂을까요!
그래요, 저도 그분의 넋을 위해 기도할게요.
메피스토 아가씨는 곧 결혼하셔도 될 것 같군요,

정말 마음씨가 고우십니다.
마르가레테 아, 아니 처지가 그렇지 못하답니다.
메피스토 남편까지는 아니어도 애인은 괜찮죠.
사랑하는 사람을 품에 안는다는 건
하늘이 준 크나큰 선물이니까요.
마르가레테 그런 건 이 고장 풍습이 아니랍니다.
메피스토 풍습을 떠나 그럴 수도 있다는 얘기죠.
마르테 그 사람 얘기나 해주세요!
메피스토 저는 그분 임종을 봤습니다.
거름더미보다는 나았지만 다 썩은 거적대기였죠.
하지만 기독교 신자의 의식은 갖췄답니다.
속죄해야 할 죄가 아주 많다고 하더군요.
이렇게 말이에요. "내가 하던 장사도 마누라도
이렇게 버리고 가야 하다니 나라는 작자가 원망스럽기만 하다!
아, 지나간 일을 생각하니 정말 괴롭다.
숨을 거두기 전에 마누라가 용서해 줬으면!"
마르테 (울며)
참 착하신 양반이지! 난 이미 오래 전에 용서했는데.
메피스토 "헌데 신이나 알겠지만 마누라가 나보다 죄가 더 많지."
마르테 어떻게 그런 말을! 죽는 순간까지 거짓말을 하다니!
메피스토 아마 마지막 숨결에서 튀어나온 헛소리였겠죠.
저야 그 사정을 반밖에 모릅니다만
이러더군요 "난 허송세월을 한 건 아니다.

우선 자식들을 낳았지, 그리고 그 자식들을 먹여살려야 했지.
아주 넓은 의미에서 먹여살린다는 말이오.
그래서 난 마음놓고 먹을 수도 없었소."

마르테 내가 바친 그 정성과 사랑은 다 잊었나 보군요.
밤낮 없이 그 고생을 했는데!

메피스토 그런 건 아니에요, 그 점은 진심으로 생각했죠.
이렇게 말하더군요, "말타 섬을 떠날 때 나는
마누라와 자식들을 위해 열심히 기도했다.
그래서 그랬는지 하늘도 무심치 않아
우리 배가 터키 배를 한 척 잡았는데
그게 터키 황제의 보물을 싣고 가던 배였단 말이오.
그래서 각자 발휘한 용기대로 보상이 주어졌고,
나 역시
응분의 몫을 받았지."

마르테 뭐라구요? 그래서 그걸 어디다 묻어뒀나요?

메피스토 모르죠, 사방에서 바람이 불어 어디로 날라갔는지.
그분이 낯선 나폴리 거리에서 두리번거릴 때
어여쁜 아가씨가 보살펴 줬죠.
그 여자가 어찌나 살갑게 사랑해 줬는지
그는 죽는 날까지 몹쓸 고통[42]에 시달렸죠.

마르테 이런 사기꾼 같으니라구! 자식들 몫을 훔친 도둑놈!
그렇게 가난해서 그렇게 비참하게 살아보고도
그 버릇을 못 버렸다니!

메피스토 그렇죠! 그래서 죽지 않았습니까.
제가 당신이라면
일 년 정도는 정숙하게 상을 치르고 나서[43]
천천히 새 남편을 찾아보겠소이다.
마르테 무슨 그런 말을! 그래도 내 첫 남자 같은 사람은
이 세상에서 또 만나기 어렵다구요!
그렇게 착하고 미욱한 사람이 또 있을라구요.
너무 떠돌아다니기를 좋아한 게 탈이었지요.
그리고 이국의 계집에다 이국의 술을,
거기다 그 망할 노름을 좋아한 게 병이었죠.
메피스토 허허 거참, 그럼 남편도 당신만큼이나
당신을 너그럽게 봐줘서
견딜 수 있었다는 말이군요.
그런 조건이라면 저도
당신하고 한번 반지를 교환하고 싶군요!
마르테 어머나 이 양반, 농담도 잘하시네!
메피스토 (혼잣말로)
이젠 슬슬 내빼야겠군!
이 계집은 악마의 말꼬리도 잡겠는걸.

그레트헨에게.

헌데 아가씨 마음은 어떠세요?
마르가레테 무슨 말씀인지요?

메피스토 (혼잣말로)

이런 순진하고 착해빠진 것 같으니라구!

큰 소리로.

그럼 안녕히 계십시오 부인들!

마르가레테 안녕히 가세요!

마르테 아, 잠깐! 한 가지만 알려주세요!

제 남편이 언제 어디서 어떻게 죽었는지, 어디에 묻혔는지
증명서 하나 받았으면 해서요.
저는 원래 무슨 일이든 깔끔하게 하는 걸 좋아하거든요.
교회 주보에다 그이가 죽었다는 걸 내고 싶어요.

메피스토 알겠습니다 부인, 증인 둘만 있으면
어디서나 받을 수 있죠.
제게 인품 좋은 친구가 하나 있는데
그 친구한테 증인을 서달라 하죠.
그 친구를 이리 데려오겠습니다.

마르테 제발 그렇게 해주세요!

메피스토 그리고 이 아가씨도 여기 계시겠죠 ― ?
아주 훌륭한 청년이죠, 여행도 많이 했구요.
아가씨들에게 예의도 바른 사람입니다.

마르가레테 저는 그런 분 앞에서는 수줍어서 얼굴이 빨개질 거예요.

메피스토 아니 이 세상 어떤 왕 앞이더라도 수줍어할 필요

없습니다.

마르테 저 뒤쪽에 우리 정원이 있어요,

오늘 저녁에 우리가 거기서 두 분을 기다릴게요.

길거리

파우스트, 메피스토.

파우스트 어떻게 됐나? 잘 될 것 같은가? 곧 되겠나?
메피스토 어휴 어지간하시네! 불덩이처럼 달아오르셨나?
조금 있으면 그레트헨은 당신 것이 될 거요,
오늘 저녁 이웃집 여자 마르테의 집에서 걔를 만날 거요.
그 여자 정말이지 뚜쟁이 시키려고
골라다 놓은 계집 같더군.
파우스트 그거 잘됐네!
메피스토 그런데 우리한테도 부탁 하나 하더이다.
파우스트 부탁을 들어주면 또 도움받을 때가 있겠지.
메피스토 우린 그 계집의 뻗어버린 남편의 육신이
파두아 거룩한 곳에 잠들었다는
법적 증명을 해주기만 하면 돼요.
파우스트 아주 똑똑하시군 그래! 그럼 일단 우리가 여행을
해야 한다는 말 아닌가!
메피스토 맙소사, 이렇게 고지식하다니! 여행은 무슨 여행,
아는 거 없어도 증언만 해주면 돼요.
파우스트 네놈에게 더 좋은 복안이 없다면 이 계획은 망쳤다.
메피스토 어렵쇼 정말! 성인군자 다되셨네!
정말 처음이라는 거요?

거짓 증언 하는 것이?
신에 대해서 세계에 대해서, 그리고 그 속에서 움직이는 것에 대해서,
사람에 대해서, 사람의 머리와 가슴에서 꿈틀대는 것에 대해서
자신 있게 정의를 내려본 적이 없단 말이오?
염치없는 이마빡을 내밀고 뻔뻔한 가슴을 내밀고 말이오.
허지만 당신이 자신을 들여다봐야겠다는 생각만 있으면
고백하지 않을 수 없을 거요, 당신이 그런 것에 대해서 아는 건
쉬베르트라인 씨의 죽음에 대해서보다 더 많을 수가 없다는 것을!

파우스트 네놈은 여전히 궤변만 늘어놓는구나.

메피스토 그렇소, 더 깊이 몰라서 하는 말이라면.
허나 내일이면 당신은 있는 대로 점잔을 빼고
가엾은 그레트헨을 꾀어내
진정으로 사랑한다고 맹세할 거 아니오?

파우스트 그건 진정이지.

메피스토 좋소!
그렇다면 영원한 지조니 사랑이니
유일무이한 충동이니 하는 것도
진정으로 하는 말이겠구려?

파우스트 그만! 진정이지 물론! — 내가 볼 때
그 느낌 그 들끓음을 무어이라 할까,

그 이름을 찾아도 찾지 못해
오관을 모조리 동원해 세상천지를 헤매며
온갖 최상급 낱말들을 휘어잡아
나를 불태우는 그 불길을
무한이다 영원이다로 불렀다고 해서
그게 악마들의 거짓말 놀음과 같다는 말이냐?

메피스토 그래도 내 말이 맞는다구요!

파우스트 이봐! 잘 들어보게 –
내 허파가 뒤집힐 것 같으니 제발 그만두게 –
끝까지 자기 말이 옳다고 우기면
옳다고 해줘야지 어쩌겠나.
자 가자, 입씨름하기도 지겹다,
지금은 네놈 말이 맞다고 할 수밖에.

정 원

마르가레테는 파우스트의 팔을 끼고
마르테는 메피스토와 나란히 서서
왔다갔다 산책을 한다.

마르가레테 잘 알아요 저도. 선생님이 저를 잘 봐주셔서
신분에 맞지 않게 대해 주신다는 걸요, 그래서 쑥스러워요.
선생님은 여행을 많이 하시는 분이라 모든 걸 넓게
보실 거예요.
저는 아주 잘 알아요, 그처럼 경험을 많이 하신 분께는
저같이 하찮은 여자와 대화하는 게 재미없다는 걸요.

파우스트 당신의 눈길 한번이, 당신의 말 한마디가
이 세상 어떤 지혜보다 저를 즐겁게 합니다.

마르가레테의 손에 입을 맞춘다.

마르가레테 이러지 마세요! 이런 손에다 어찌 입을 맞추세요,
이렇게 거칠고 흉한 손에!
저는 안 해본 일이 없어요!
어머님이 아주 깐깐하시거든요.

파우스트와 마르가레테, 지나간다.

마르테 그래 선생님은 계속 여행만 하시나요?

메피스토 사업 때문에 의무 때문에 그러는 거죠!
어떨 때는 떠나는 게 아주 괴로울 때도 있죠.

그런데도 한 곳에 정착할 수 없는 팔자죠!

마르테 젊을 때는 그것도 괜찮겠죠.
이런 저런 이유로 세상을 돌아다니는 것도요.
하지만 아주 외로운 시간이 오지 않겠어요,
홀아비로 혼자서 무덤으로 꾸역꾸역 가야 하는 건
누구든 유쾌하지 않죠.

메피스토 저 멀리서 그런 모습이 보이는 것 같아 소름이 끼
치니다.

마르테 그러니까 선생님도 제때 앞날을 생각하셔야죠.

메피스토와 마르테, 지나간다.

마르가레테 그래요, 안 보면 마음도 멀어진다고 하잖아요!
선생님은 겸손이 몸에 배셨어요.
친구도 많으실 텐데
저보다 모두 똑똑하겠지요.

파우스트 허참! 내 말을 믿으세요, 그 똑똑하다는 것이
허영이거나 천박한 경우가 많답니다.

마르가레테 왜 그렇죠?

파우스트 (혼잣말로)[44]
아, 단순함은 순진함은
자기 자신을, 자기 자신의 고매한 가치를 모르는구나!
겸손함은 얌전함은 자애롭게 골고루 나눠주는
자연의 선물 중에서 가장 큰 선물이라는 걸 –

마르가레테 선생님은 저를 조금 생각하시겠지만

저는 선생님을 많이 생각하게 될 거예요.

파우스트 당신은 혼자 있을 때가 많은가 보죠?

마르가레테 우리집 살림은 작아보여도
할 일이 많죠.
우린 하녀가 없어요, 밥하고 청소하고 바느질에다
뜨개질까지 아침부터 밤늦게까지 종종걸음을 쳐야 해요.
게다가 어머니는 무슨 일에서든
꼼꼼하시죠!
그렇다고 꼭 그렇게 아껴야만 하는 형편은 아녜요,
다른 집보다 훨씬 여류롭게 살 수도 있죠.
아버지가 재산을 꽤 남겨놓고 돌아가셨거든요,
작지만 집도 한 채 있고 성 밖에 밭도 한 마지기 있답니다.
그러나 요즘은 한가하게 보내는 편이에요.
오라버니는 군인이시고
어린 여동생은 죽었어요,
그 아이 때문에 애도 많이 태웠죠.
하지만 그런 고생은 고생도 아니였어요.
무척 귀여운 동생이었거든요.

파우스트 당신을 닮았으면 천사 같았겠지요.

마르가레테 그 아이를 제가 키웠어요, 그래서 저를 무척 따랐죠.
그 아이는 아버지가 돌아가시고 나서 태어났어요.
그때 어머니가 어찌나 약하셨는지
우린 소생하실 가망이 없다고 생각했죠.

그리고 회복하시는 데 아주 오래 걸렸죠, 조금씩 조금씩.
그러니 갓 낳은 동생한테 젖을 물린다는 건
엄두도 못 내셨죠.
그래서 그 아이를 제가 혼자서 키운 거예요,
우유와 물만 먹이면서. 그래서 제 아기가 됐죠,
제 팔에 안기고 제 품에 누워
바동대며 컸죠.

파우스트 당신은 아주 순수한 행복을 느꼈겠군요.

마르가레테 하지만 힘들 때도 많았어요.
밤이면 아기의 요람을
제 침대 옆에 갖다놨죠. 아기가 조금만 움직여도
잠에서 깼어요,
그러면 우유를 먹여야 할 때도 있고, 제 옆에 뉘여야 할 때도 있었죠.
그래도 칭얼대면 안고 흔들면서
방 안을 왔다갔다했죠.
그리고 날이 밝으면 빨래를 하고
장도 봐오고 부엌일을 했죠.
그렇게 하루하루를 살았어요.
그러니 선생님은 모르시겠지만 항상 행복할 수만은 없었어요.
그 대신 밥맛이 좋고 잠도 잘 왔죠.

파우스트와 마르가레테, 지나간다.

마르테 아무래도 여자들 신세는 애처롭죠,

홀아비 마음 잡기도 어렵고.

메피스토 나 같은 놈을 좋은 사람으로 만들려면
당신 같은 사람 손길이 필요하죠.

마르테 솔직하게 말씀해 주세요, 아직 아무도 못 찾으셨나요?
마음을 정한 사람이 없나요?

메피스토 속담에 이런 말이 있죠. 자기 부엌과
착실한 마누라는 금이나 진주만큼 귀하다구요.

마르테 제 말은 어르신은 한번도 그럴 생각이 없었냐구요?

메피스토 어딜 가나 아주 정중한 대접을 받았죠.

마르테 제 말은 진지하게 마음이 간 사람이 없었냐구요.

메피스토 부인들하고는 절대 빈말을 하면 안 되죠.

마르테 아, 제 말을 못 알아들으시는군요!

메피스토 정말 유감이네요!
그러나 저도 잘 알죠 — 당신은 아주 친절한 사람이라는 걸.

메피스토와 마르테, 지나간다.

파우스트 내가 정원에 들어섰을 때 오, 어린 천사여
날 금방 알아봤다고?

마르가레테 그때 못 보셨나요? 제가 두 눈을 떨구는 것을?

파우스트 그럼 그때 내가 함부로 군 것도 용서하는 거죠?
당신이 성당에서 막 나왔을 때 한
그 염치없는 짓을?

마르가레테 깜짝 놀랐어요, 그런 일은 처음이었거든요.
그동안 제 행실이 나쁘다고 욕하는 사람은 없었어요.

아, 그런데 내 몸가짐에서 저 분이
어딘가 정숙하지 않다고 느끼셨나 생각했어요.
그래서 그런 여자라면 함부로 대해도 괜찮다고
생각하시지 않았나.
솔직히 말씀드릴게요! 그때 선생님께 호감을
갖기 시작했다는 걸 저도 몰랐어요.
다만 선생님께 조금 더 화를 내지 못한
제가 밉기는 했어요.

파우스트 아, 귀여운 것 같으니라고!

마르가레테 잠깐만!

과꽃을 한 송이 꺾어 꽃잎을 하나씩 뜯어낸다.

파우스트 뭘 하려는 거지? 꽃다발?

마르가레테 아녜요, 그냥 장난하는 거예요.

파우스트 뭐라고?

마르가레테 저리 가세요! 비웃으실 거예요.

꽃잎을 뜯어내며 중얼댄다.

파우스트 뭐라고 중얼대는 거지?

마르가레테 (조금 소리를 내어)
날 사랑 한다 — 안 한다.

파우스트 아, 요 귀여운 표정!

마르가레테 (계속한다.)
한다 — 안 한다 — 한다 — 안 —

마지막 꽃잎을 뜯어내며 기쁘다는 듯이

날 사랑한다!

파우스트 그러고 말고! 이 꽃점괘를
신령님 말씀이라고 생각해요. 그 사람이 날 사랑한다는 것이.
그게 무슨 뜻인지 알아요? 그 사람이 날 사랑한다는 것이?

마르가레테의 두 손을 잡는다.

마르가레테 전율이 느껴져요!

파우스트 오, 떨지 말아요! 나의 이 눈길과
이 힘껏 잡는 두 손으로 말하리다,
말로 표현할 수 없는 것을.
온몸을 바쳐 영원히 이어질
희열을 느낀다는 걸!
영원히! — 그게 끝나면 절망이다.
아니 끝날 리 없다! 절대 끝날 리 없다!

마르가레테, 파우스트의 두 손을 꼭 잡고 있다가 뿌리치고 달아난다.
파우스트, 잠깐 생각에 잠겨 서있다가 마르가레테를 쫓아간다.

마르테 (나오며)
해가 지네요.

메피스토 그렇군요, 이젠 가야겠어요.

마르테 조금 더 계시라고 붙잡고 싶지만
이 마을은 너무 시끄러워요.
이웃의 일거일동을 살펴보는 것 외에는
할 일이 하나도 없는 사람들만 살죠.
그래서 무슨 일을 해도

금방 소문이 나요.

그런데 우리 젊은 쌍은 어디로 갔지?

메피스토 저쪽 길로 뛰어가던데요.

맘대로 뛰어노는 여름새 같군요!

마르테 그분이 그 아이한테 빠졌나 보죠.

메피스토 아가씨 쪽도 그런 것 같네요, 세상이 다 그렇죠.

정원 헛간

마르가레테, 뛰어들어 와서는 문 뒤에 숨어
손가락 끝을 입술에 대고 틈 사이로 밖을 관찰한다.

마르가레테 아, 오시네!

파우스트 (온다.)

요 장난꾸러기, 날 놀리는군!

자 잡았다!

마르가레테에게 입을 맞춘다.

마르가레테 (파우스트를 끌어안고 입을 맞추며)

오, 내 사랑! 진심으로 당신을 사랑해요!

메피스토가 문을 두드린다.

파우스트 (발을 구르며)

누구야?

메피스토 좋은 친구죠!

파우스트 이 짐승 같은 놈!

메피스토 이제 갈 시간이 됐소이다.

마르테 (온다.)

그래요 손님어르신, 너무 늦었어요.

파우스트 당신을 바래다 주면 안 될까?

마르가레테 그러면 어머니가 저를 — 안녕히 가세요!

파우스트 꼭 가야 하나?

잘 있어요!

마르테 안녕히들 가세요!

마르가레테 곧 다시 만나요!

파우스트와 메피스토 퇴장.

마르가레테 어쩜! 저분은 저렇게
자상하실까? 뭐든 모르는 게 없어!
그분 앞에 있으면 수줍기만 하고
뭐든 네네 할 수밖에 없으니.
난 아무것도 모르는 불쌍한 아이인데
왜 날 좋아하시는시 모르겠어.

퇴장.

숲과 동굴

파우스트 (혼자서)

숭고한 신령이여, 너는 나에게
내가 원하는 것을 다 주었다. 불꽃 속에서 나에게
너의 얼굴 드러낸 것은 부질없는 일이 아니었다.
너는 나에게 이 화려한 자연을 왕국으로 주었다,
그리고 그걸 느끼고 즐길 힘을 주었다. 그저
놀라워하는 냉정한 방문객으로서가 아니다.
친구의 가슴 속처럼 자연의 가슴 속을 깊이
들여다볼 은혜를 베풀어 주었다.
너는 모든 생명의 대열을 나에게 보여준다.
말없는 덤불 속에 공기 속에, 그리고 물 속에 사는
나의 형제들과 만나게 해주는구나.
숲 속에서 폭풍이 휭휭 휘몰아칠 때면
커다란 잣나무가 쓰러지며 이웃 나무 가지며
허리통을 우장창 꺾어 눕히고,
그 소리에 놀라 언덕에서 울려퍼지는 둔중한 메아리
멍멍하게 들려올 때면 넌 나를 안전한 동굴로 이끌어 주고
내 모습을 나 자신에게 보여준다. 그러면 내
가슴 속에 깊고 신비한 기적이 절로 열린다.
그리고 맑은 달이 내 눈 앞에 떠올라
마음 달래주며 흘러가면

축축한 암벽에서 덤불에서
태곳적 인물들이 은빛 형상으로 떠올라
강렬한 성찰욕을 달래준다.

오, 사람에게 완전한 것은 없음을
나 이제 느끼노라. 넌 이 기쁨에, 점점
신령의 경지에 이르게 하는 이 희열에
나 그 없이는 살 수 없게 동반자로 붙여줬으나
그놈은 뻔뻔하고 냉혹하기 짝이 없어
나를 니 지신 앞에 비하시키며 한줄기 입김으로
너의 선물을 허무로 만든다.
그놈은 내 가슴에 저 아름다운 모습을 향한
거센 불을 질러놓고 열심히 부채질한다.
그리하여 나는 욕망에서 향유를 향해 비틀대며
향유 속에서 간절하게 욕망을 찾는다.

메피스토 등장.

메피스토 이젠 그런 생활 할 만큼 하지 않았소?
그렇게 질질 끌어서야 무슨 재미가 있겠소?
한번쯤 시험해 보는 거야 괜찮지만
그런 다음에는 다시 새로운 것을 맛봐야 하지 않겠소!

파우스트 내 기분이 좋은 날 와서 푸념을 하다니
네놈에게 더 많은 것을 시켜야겠구나.

메피스토 어휴! 어휴! 왜 이러슈! 편안히 쉬게 해드릴 테니

그렇게 정색하지는 마슈.
당신처럼 그렇게 무뚝뚝하고 미치광이 같은 사람하고는
헤어진다 해도 아쉬울 게 없다구요.
하루종일 우리가 해야 할 일은 태산 같소이다!
주인님이 좋아하는 게 뭔지, 무엇을 싫어하는지
주인님 콧등만 보고는 도무지 알 수가 있어야지 원.

파우스트 그게 바로 네놈 말투렷다!
날 멀미나게 해놓고는 고맙다는 인사까지 받겠다는 거냐.

메피스토 참 딱한 지상의 아들이시군, 내가 없었다면
당신의 삶은 어떻게 되었겠소?
공상 속에서 오락가락하는 병을
한동안이라도 고쳐준 사람이 나 아니오?
그리고 내가 없었다면 당신은 벌써
이 지구에서 사라졌을 거요.
어쩌자고 이런 굴 속 바위 틈에 끼어
부엉이처럼 웅크리고 앉아만 있는 거요?
이 질척한 이끼와 물 뚝뚝 떨어지는 바위에서
뭘 그리 양분이랍시고 두꺼비처럼 빨아먹고 있냔 말이오?
그래, 멋지고 달달한 시간 보내시구려!
당신 몸에서는 아직 그놈의 박사 진이 덜 빠졌소이다.

파우스트 이런 황야에서의 방랑이 어떤 활력을
끌어내는지 네놈이 알기나 하냐?

그렇지, 네놈이 그걸 짐작이라도 한다면
악마의 본성을 기어이 발휘해서 내 행복을 깨려 하겠지.

메피스토 현세를 초월한 낙이시겠구려!
오밤중에 이슬 맞으며 산 위에 누워
황홀경에 겨워 하늘과 땅을 부둥켜안고
신이라도 된 듯 스스로 부풀어 올라
끓어오르는 예감으로 대지의 골수를 쑤셔대고,
엿새 만에 완성한 신의 작업을 온몸으로 느끼며
오만에 빠져 뭐가 뭔지 모르는 것을 즐기고,
얼마 가지 않아 사랑에 빠진 양 그걸 모든 것에 퍼붓고,
이 땅의 아들 모습은 흔적도 없이 사라지고,
결국 고상한 그 직관이라는 걸

음탕한 몸짓을 하며.

차마 내 입으로는 말할 수 없지만 — 이런 꼴로 — 끝내는
거 아니겠소?

파우스트 괘씸한 놈 같으니라고!

메피스토 이게 당신 마음에 들 리가 없죠.
당신이야 괘씸한 놈이라고 점잖게 호통칠 자격 있죠.
심성이 맑다 해도 고것이 빠질 순 없다는 걸
그 순결한 귀에 대고 말하면 안 된다 그거겠지요.
내 딱 잘라 말하는데 가끔 자신을 살짝 속이는 그 낙을
아낌없이 당신에게 베풀겠소이다.

허나 당신은 그런 상태를 오래 견디지 못할 거요,
당신은 이미 다시 수척해졌소이다.
만일 그런 상태가 더 오래 간다면 당신은
완전히 지쳐 미치거나 공포에 몸서리를 칠 거외다!
그건 그렇다치고! 마을에서 당신을
기다리는 그 애인은 모든 게 답답하고 서럽기만 할 거요,
한시도 당신 생각을 떨쳐버리지 못하니.
그 아이는 당신을 지독하게 사모한다 그 말이오.
처음에 당신은 노도와 같은 정열을
눈이 녹아 불어난 개울물처럼
그 아이 가슴에 철철 넘치게 쏟아부었지만
이젠 그 물이 말라간다 그 말이오.
소인 생각이오만 이런 숲 속 옥좌에 웅크리고 앉아있는 것보다
위대한 어르신에게 더 좋은 것은
저 불쌍한 핏덩이의 순정에
보답하는 일이다 그 말이외다.
그 아이에게 시간은 지겨울 정도로 길어져
창가에 서서 낡은 성벽 위로
흘러가는 구름만 쳐다본단 말이오.
'이 몸이 새라면!'이라는 노래만
밤이 새도록 부르고 있다는 말이오.
더러 명랑한 순간도 있지만 대개 시무룩하구,
가끔 통곡하기도 하구,

그러다 다시 잠잠해지기도 하구.
그러나 줄곧 사랑에 빠져있는 건 분명하외다.

파우스트 이 뱀 같은 놈이!

메피스토 (혼잣말로)
됐다! 이젠 슬슬 내 손아귀에 들어오는구나!

파우스트 나쁜놈 같으니라고! 썩 꺼지지 못할까!
그 귀여운 아이 이름은 입에 올리지도 마라!
반쯤 미쳐버린 내 오관에 그 아이를 향한
욕정을 부채질하지 말란 말이다!

메피스토 그래서요? 그 아이는 당신이 노방갔다고 생각해요.
사실 반쯤은 그러구 있구.

파우스트 난 그 아이와 함께 있다. 아무리 멀리 떨어져 있어도
난 절대 그 아이를 잊을 수 없다, 절대 놓칠 수 없다.
십자가에 못박힌 주님 몸에 그 아이 입술이 닿는
상상만 해도 난 주님까지 밉단 말이다.

메피스토 암 그러실 테죠! 나도 가끔 당신을 부러워했죠,
장미꽃 나무 그늘에서 노는 쌍둥이 사슴[45] 같아서요.

파우스트 꺼지거라! 이 뚜쟁이놈아!

메피스토 좋소! 욕하시구려, 그러나 난 웃지 않을 수 없소.
사내와 계집을 만든 신도 곧 뚜쟁이가
가장 고귀한 직업이라는 걸 알아챘단 말이오.
어서 가보시오, 딱하기 짝이 없소이다!
당신 애인 방으로 가라는 말이지

죽으러 가라는 게 아니오.

파우스트 그 아이 팔에 안겨 천국의 기쁨 느낀들 무엇하랴?
그 아이 젖가슴에 기대 이내 몸 따뜻해진들 무엇하랴!
그럴 때마다 난 그 아이의 고통을 느끼지 않는가?
난 도망자가 아닌가? 집도 절도 없이 떠돌지 않는가?
목적도 휴식도 모르는 자,
폭포처럼 바위에서 바위로
탐욕스럽게 날뛰며 벼랑으로 치닫는 놈 아닌가?
그런데 그 옆에서는 그 아이가 순진무구한 얼굴로
알프스 풀밭 작은 오두막에서
집안일 서두르며
작은 세계에 에워싸여 살고.
그런데 신의 미움을 산 나는
바위를
때려부숴 산산조각을 내도
시원치가 않아!
그 아이를, 그 아이의 평화를 뭉개버렸으니!
이 지옥 같은 놈아, 이런 제물을 취해야만 했더냐,
악마야 나 좀 도와주라, 이 공포스러운 시간을 줄여다오!
어차피 벌어질 일이라면 지금 벌어져도 좋다!
그 아이 운명이 무너져 내 몸을 덮쳐
그 아이와 함께 파멸해도 좋다!

메피스토 다시 불길이 끓어올라 솟구치네!

어서 가서 그 아이를 위로해 주슈, 이 바보 같은 작자야!
요런 새대가리, 빠져나갈 길이 보이지 않는다고
금방 포기해 버리네.
용감하게 버텨야 산다!
네놈도 이미 악마가 다 됐으면서 그러네.
세상에서 제일 꼴불견이
번뇌하는 악마일 것이다.

그레트헨의 방

그레트헨 (혼자 물레 앞에 앉아)

마음의 평화 사라졌네,
이내 마음 무겁네.
나 다시는 그 평화 찾지 못하리,
영영 찾지 못하리.

그이가 없는 이곳
나에게는 무덤이네.
세상이 온통
쓰라릴 뿐이네.

가련한 이내 머리
미쳐버리고 말았네.
가련한 이내 마음
산산이 조각이 났네.

마음의 평화 사라졌네,
이내 마음 무겁네.
나 다시는 그 평화 찾지 못하리,
영영 찾지 못하리.

행여 그이 오시려나
창 밖만 내다보고,
행여 그이 만나려나

집 밖으로 나가보네.

그이의 늠름한 걸음걸이,
그이의 의젓한 모습,
그이의 입가에 번지는 미소,
그이의 눈에 어린 정기.

그리고 마술 같은
그이의 말씀,
덥석 부여잡는 그이의 손,
그리고 아, 그이의 입맞춤!

마음의 평화 사라졌네,
이내 마음 무겁네.
나 다시는 그 평화 찾지 못하리,
영영 찾지 못하리.

사무친 이내 가슴
그이에게 달려가네,
아, 그이를 붙잡아
내 곁에 모셔두고

입맞추리라,
내 마음 찰 때까지
그이와 실컷 입맞추다
나 죽을지라도!

마르테의 정원

마르가레테, 파우스트.

마르가레테 약속하세요, 하인리히![46]

파우스트 할 수 있는 일이라면 뭐든!

마르가레테 그럼 말씀해 보세요, 종교를 어떻게 생각하시나요?
당신은 정말 좋은 사람이지만
종교는 별로 중요하게 여기지 않는 것 같아요.[47]

파우스트 그런 말은 그만 ! 내가 널 좋아하는 건 너도 잘 알잖아.
난 사랑하는 사람을 위해서라면 피도 살도 다 바칠 거야.
누구한테서도 감정과 교회를 뺏을 생각이 없다고.

마르가레테 그건 옳지 않아요, 당신도 믿으셔야죠!

파우스트 꼭 그래야 하나?

마르가레테 아! 당신을 도와줄 수 있다면!
당신은 성사도 존중하지 않죠?

파우스트 아니 존중하는데.

마르가레테 하지만 가슴에서 우러나오는 건 아니잖아요.
미사에도 고해성사에도 가신 지 오래됐구요.
하느님을 믿으세요?

파우스트 이봐, 하느님을 믿는다고
누가 감히 말할 수 있겠어?
신부한테든 현자한테든 물어보라고.

그들은 물어보는 사람한테
비웃는 식으로 대답할 걸.
마르가레테 그럼 안 믿으시나요?
파우스트 아, 오해는 하지 말아요, 그런 해맑은 얼굴로!
누가 감히 그 이름을 부를 수 있을까?
누가 감히 장담할 수 있을까
나는 믿는다고.
스스로 느끼면서도
믿지 않는다고
누가 말할 수 있을까?
만물을 품은 자,
만물을 보존하는 자,
그는 너를 나를, 그리고 자기 자신까지도
품고 보존하지 않는가?
하늘은 저 높이 둥그렇게 덮여있지 않은가?
땅은 이 아래에 굳건히 깔려있지 않은가?
그리고 영원한 별들 정겨운 눈길 보내며
떠오르지 않는가?
내 눈과 네 눈이 마주보지 않는가?
그리고 온갖 것이 너의 머리 향해 너의 가슴 향해
밀어닥쳐 눈에 잡힐 듯
영원한 신비에 싸인 채
네 곁에서 꿈틀대지 않는가?

그것으로 너의 마음 채워지면 그것이 아무리 크다 한들
그리하여 그 느낌에 흠뻑 빠져 황홀해지면
그것을 뭐라 부르든 네 마음대로 하거라,
행복! 진정! 사랑! 하느님! 그 어느 것이든.
난 그 이름을 뭐라 불러야 할지 모르겠어!
느낌이 전부야.
이름은 그저 소리요, 하늘나라 불꽃을
안개처럼 싸고 도는 연막일 뿐이라고.

마르가레테 그 말씀 다 훌륭하고 좋아요,
신부님 말씀도 비슷해요.
다만 표현이 좀 다를 뿐이죠.

파우스트 청천백일 아래 사는 사람은 모두
어디서나 그렇게 말할 거야,
다 자기 식으로.
나라고 왜 내 식으로 못 하겠어?

마르가레테 그런 말씀 들으니 그럴 수도 있겠다 싶어요.
하지만 여전히 맞지 않는 구석이 있어요.
그리스도를 믿으시지 않기 때문이죠.

파우스트 어휴 요런!

마르가레테 저는 오래 전부터 마음이 아팠어요,
당신이 그 친구하고 다니시는 것이.

파우스트 왜 그럴까?

마르가레테 당신과 늘 같이 다니는 그 사람 말예요,

저는 그 사람이 아주 싫어요.
제 평생 그처럼
가슴이 칼에 찔리는 것 같은 적이 없어요.
그런 역겨운 얼굴은 본 적이 없거든요.

파우스트 이봐요, 그 친구 무서워할 거 없어!

마르가레테 그 사람을 보면 저는 피가 거꾸로 솟는 것 같아요,
평소에는 누구에게나 호감을 갖는데.
그런데 아무리 당신이 그립다가도
그 사람이 나타나면 소름이 끼쳐요.
그 사람은 아마 악한일 거예요!
제 말이 틀렸으면 하느님께 용서를 구하겠어요!

파우스트 세상에는 그런 괴짜도 있기 마련이지.

마르가레테 그런 사람하고는 같이 지내고 싶지 않아요!
그 사람은 문에 들어설 때 항상
조롱하는 것 같은 눈으로 살펴봐요,
반쯤 화난 얼굴로요.
딴 사람 기분은 알 바 아니라는 태도죠.
그 사람 이마에는
아무도 사랑할 수 없다고 써있어요.
당신 품에 안겨있으면 얼마나 편안하고
마음이 놓여 모든 걸 맡긴 듯 푸근한데
그 사람이 나타나면 목이 조이는 것 같아요.

파우스트 아, 너는 예감에 찬 천사구나!

마르가레테 그런 느낌에 짓눌려서
그 사람이 나타나면
난 당신을 사랑하지 않는다는 생각까지 들어요.
그 사람이 옆에 있으면 기도도 할 수 없어요.
그래서 가슴이 조이는 것 같아요.
하인리히, 당신도 그럴 거예요.

파우스트 그 사람한테 반감을 가져 그럴 거야!

마르가레테 저는 이제 가봐야 해요.

파우스트 아, 한 시간만이라도 정녕
마음 놓고 당신 품에 안겨있을 수 없을까?
가슴과 가슴을, 마음과 마음을 부둥켜안고.

마르가레테 아, 제가 혼자 잔다면!
오늘밤에 오시게 빗장을 열어놓을 텐데.
그런데 어머니는 깊이 주무시지 않아요.
만일 어머니한테 들키기라도 하면
저는 당장 죽은 목숨이에요.

파우스트 에이, 그런 걱정은 하지도 마.
여기 이 작은 병을 봐! 세 방울만
어머니가 마시는 것에 섞으면
세상 모르고 단잠에 빠지실 거야.

마르가레테 당신을 위해서라면 뭔들 못 하겠어요.
설마 어머니 몸에 해롭지는 않겠죠!

파우스트 해로우면 내가 권하겠소!

마르가레테 아이 참, 저는 당신만 만나면
당신이 원하는 대로 하게 되니 정말 모르겠어요.
저는 이미 당신을 위해 많은 걸 바쳐서
더 해드릴 게 없는 것 같아요.

퇴장.
메피스토 등장.

메피스토 그 풋내기 계집! 갔소?
파우스트 또 엿들었구나?
메피스토 잘 들었소이다, 자초지종을.
박사님이 교리문답을 당하시더군요,
마음의 양식이 되시길 바라오.
계집들이란 역시 사내가 신심 깊고 고지식하게
관습을 잘 따르는지 관심이 아주 많단 말야.
관습을 잘 따르는 남자는 자기한테도 그럴 줄 알고 말야.
파우스트 망나니 같은 네가 어찌 알겠느냐.
신앙심 깊은 저 아이는
믿음으로 충만해 있고
오로지 그 믿음으로 하늘의 축복받으며
자기가 사랑하는 남자가 길을 잃지 않을까
괴로워하는 성녀 같으니라.
메피스토 색을 초월한 것 같으면서도 역시 색골이시구려!
그러다가는 어린 계집애한테 놀림을 당할 걸.
파우스트 이 똥물에 튀겨 태어난 망나니 새끼가!

메피스토 게다가 그 계집 관상도 제법 잘 보더구만요.
내가 나타나면 왠지 이상해진다고 했나,
나의 가면이 들통난 모양이지.
어쨌거나 그 계집애가 눈치를 챘다는 말씀이지,
내가 천재인 건 분명하다구, 아니 악마일지도 모르지.
그런데 오늘밤이라고 했나 —?

파우스트 그게 네놈과 무슨 상관이냐?

메피스토 나도 반가워 그럽니다요!

우물가에서

그레트헨과 리스헨, 물동이를 잡으며.

리스헨 바르바라 얘기 들었니?
그레트헨 아니. 난 사람 많은 데 잘 안 가잖아.
리스헨 틀림없어! 오늘 시빌레가 그러더라,
개도 결국 유혹에 넘어갔다고.
그렇게 얌전한 척 하더니만!
그레트헨 그게 무슨 소리야?
리스헨 냄새가 나!
이젠 먹고 마시는 게 2인분이라고.
그레트헨 저런!
리스헨 결국 그러다니 싸다 싸.
얼마나 오래 그 놈팡이랑 붙어 살았니!
산책합네
마을로 무도장으로 안내합네 하며.
어딜 가나 제일 멋진 여자라고 추켜세우고,
만두네 포도주네 하며 비위 살살 맞춰주니까
자기가 무슨 미인이라도 된 양 착각하고
사내한테 선물받고도
창피한 줄도 모를 정도로 얼굴이 두꺼워졌지 뭐니.
그리고 물고빨고했을 테니

결국 꽃망울도 떨어진 거지!

그레트헨 가엾어라!

리스헨 아니 걔를 동정하다니!
우리가 물레 앞에 앉아있을 때나
밤이 되어 어머니가 못 나가게 할 때
걔는 애인과 붙어서 달콤하게
문 밖 벤치나 어두컴컴한 골목에 앉아
시간 가는 줄 모르고 놀았잖니.
그러니 이젠 머리 숙이고
수의 입고 교회에 가서 속죄해야지![48]

그레트헨 그 사람이 걔를 아내로 맞이하겠지 뭐.

리스헨 그러면 그 사람 바보게! 약삭빠른 젊은 사내는
어디서든 바람피울 수 있거든.
그러지 않아도 벌써 사라졌다더라.

그레트헨 그럼 안 되는데!

리스헨 그 사내하고 결혼만 해봐라, 혼쭐이 날 테니.
사내들은 그 아이 꽃관을 망가트릴 테고
우린 문 앞에 여물을 뿌려놓을 테니까.[49]

퇴장.

그레트헨 (집으로 돌아가며)
예전에 나는 불쌍한 계집애가 잘못을 저지르면
얼마나 욕을 했던가!
다른 사람의 죄에 대해서는

말이 모자라라 혀를 휘둘러댔지!
딴 사람이 한 짓이 검어 보이면 더 검게 칠하고
그러고도 속이 시원하지 않아 안달을 했지,
난 다르다고 잘난 척했지,
그런데 이제 내가 그런 죄를 범했네!
하지만 – 아, 모든 것이, 날 그렇게 만든 모든 것이
얼마나 좋았던가! 얼마나 즐거웠던가!

성벽 안 골목

성벽 감실 안에 고난의 성모상이 있고
그 앞에 꽃병이 놓여있다.

그레트헨 (꽃병에 싱싱한 꽃을 꽂는다.)

아, 괴로움 많으신 성모님
저의 이 곤경을 자비롭게
굽어살펴 주시옵소서!

가슴에 칼이 꽂힌 채
억만 겁 아픔 지니시고
아드님 죽음 바라다 보시는 성모님.

하늘에 계신 아버지 올려다 보시며
아드님과 당신의 곤경 때문에
한숨을 보내시는 성모님.

뼛속을 후비는
저의 이 아픔을
그 누가 아오리까?
불쌍한 제 마음이 여기 이렇게 두려움에
떨며 무엇을 바라는지는
당신만이, 오직 당신만이 아시옵니다!

어딜 가나 언제나

이 가슴은
쓰리고 쓰라릴 뿐!
혼자 있으면
울고 또 울어
가슴이 막힐 것 같습니다.

이른 아침
당신께 바치려고 이 꽃 꺾을 때
창문 앞 화분을
눈물로 적셨습니다.

이른 아침 태양 떠올라
제 방 환히 비출 때
저는 온갖 괴로움에 잠겨
침대가에 앉아있었습니다.

도와주시옵소서! 치욕과 죽음에서 저를 구해 주시옵소서!
괴로움 많으신 성모님,
저의 이 곤경을 자비롭게
굽어살펴 주시옵소서!

밤

그레트헨의 집 앞길.

발렌틴 (군인이자 그레트헨의 오빠)

수많은 술자리에 앉아있노라면
자기 자랑깨나 하는 놈들 다들 와글와글 큰 소리로
꽃 같은 처녀들 칭찬했지.
가득 찬 술잔마다 찬사 한마디씩
넘치게 읊어댔지.
난 팔꿈치를 괸 채
여유작작 앉아
시끄러운 그 소리 모두 들으며
수염만 쓰다듬으며 미소 지었지.
그러면 누군가가 내 잔에 술 가득 채워주면
내가 하는 말, 다 자기 식대로 사는 거다!
그러나 나라 안에서 내가 잘 아는
그레트헨 같은 처녀 봤으면 말해 봐,
내 누이동생 그레트헨에게 물 길어다 줄 자격 있는 여자 있어?
쨍그랑 쨍 쟁그렁 쨍 술잔이 돌고
한쪽 패거리가 목청 높여 떠들어댔지, 그래 자네 말이 맞다고!
걔는 여자들의 자랑이다!
그러면 딴 여자 칭찬하던 놈들 모두 벙어리가 됐지.
그런데 지금은! 머리칼 쥐어뜯으며

담벼락으로 달려가 머리 처박아도, 하!
코를 씰룩대며 빈정거리는
오사리잡놈들한테 모욕까지 당했으니!
난 빚진 놈처럼 염치없이 앉아
그냥 지껄이는 소리에도 진땀 빼는 판이니!
그놈들 박살내고 싶다만
그놈들을 거짓말쟁이라고 외칠 수도 없으니.

저기 오는 게 누구지! 살금살금 다가오는 게?
내가 잘못 보지 않았다면 그 두 놈이렷다.
그렇다면 멱살 잡아
즉시 요절을 내고 말 테다!

파우스트, 메피스토.

파우스트 저기 성당 성구실 창문에서
위로 타오르는 성체등 빛이
점점 옆으로 흩어지며 희미해지고
내 주위는 칠흑처럼 캄캄해지는구나.
내 마음도 그처럼 오밤중 같아지는구나.
메피스토 그런데 내 기분은 소방대 망루 살금살금 지나
조용히 담벼락 끼고 도는
굶주린 새끼고양이 같다고나 할까.
그렇다고 나쁜 생각하는 건 절대 아니구
뭘 좀 훔쳐 먹고 색도 살짝 써보고 싶을 뿐이지.
그러니 온몸이 벌써 달아올라

멋진 저 발푸르기스의 밤[50] 생각이 피어오를 수밖에요.
낼모레면 그 밤이 다시 오니
왜 잠이 안 오는지 알 거 아니겠소.
파우스트 저기 저 뒤쪽에 번쩍이는 불꽃이 보이는데
저러는 사이 땅 속 보물이 위로 솟아오르려나?
메피스토 보물 든 냄비 파올리는 그 희열을
당신도 머지않아 느낄 거요.
며칠 전에 곁눈으로 슬쩍 보니
휘황찬란한 사자 무늬 금화가 들어있습디다.
파우스트 귀여운 내 애인 꾸며줄
보석이나 반지는 없단 말이냐?
메피스토 진주 꿰어놓은 줄처럼 생긴 것과
비슷한 물건도 하나 들어있었던 것 같기는 합니다만.
파우스트 그럼 됐다! 선물 하나 안 들고
그 아이한테 가는 건 찜찜하거든.
메피스토 공짜로 재미 보는
찜찜한 꼴은 안 되게 해드립죠.
헌데 지금 하늘에는 온통 별들이 반짝이니
진짜 예술 같은 노래 한 곡 들려드리죠.
고 계집애를 확실하게 후리라고
아주 도덕적인 노래를 부르겠소이다.

기타 반주에 맞춰 노래한다.

너 무얼 하려는가,

애인의 집 앞에서
카타리나.
이 이른 새벽에?
아서라 제발! 아서!
그가 문을 열어주면
들어갈 때는 숫처녀지만
나올 때는 헌처녀란다.

정신 바짝 차리거라!
일단 끝나면
그 다음은 '잘 가라'다.
가엾고 가엾은 어린 것들!
제 몸 귀하거든
도둑한테 주면 안 되지.
더더욱
반지 끼워줄 때까지는.

발렌틴 (앞으로 나선다.)
누굴 꼬드기려 하느냐? 괘씸한 놈 같으니라고!
이 우라질 쥐잡이[51] 얌생이 같은 놈아!
일단 그 깽깽이부터 박살내고
노래 부른 네놈을 요절낼 테다!

메피스토 기타가 두 동강 났네! 붙일 수도 없이.

발렌틴 다음은 네놈 대갈통이다.

메피스토 (파우스트에게)

박사님 물러서지 마세요! 힘을 내요!
나한테 바짝 붙어 내가 시키는 대로 해요.
당신의 그 털이개 같은 칼을 쑥욱 뽑으라구요!
그냥 찌르기만 하라구요! 받는 건 내가 할 테니.

발렌틴 그럼 내 칼 받아라!

메피스토 못 받을 것도 없지.

발렌틴 이것도 받아라!

메피스토 암! 받구 말구!

발렌틴 이놈이 악마인가!

왜 이러지? 손이 말을 안 듣네.

메피스토 (파우스트에게)

어서 찔러요!

발렌틴 (쓰러진다.)

아이구 분하다!

메피스토 이 잡놈이 이제야 얌전해졌군!

자, 빨리! 우린 빨리 내빼야 해요.
벌써 소리치잖아요, '살인'이라구.
경찰하고는 잘 통하지만
살인 재판에 걸리면 나도 어쩔 수가 없다구요.

마르테 (창가에서)

나오세요! 나와들 보세요!

그레트헨 (창가에서)

불 좀 비춰주세요!

마르테 (여전히 창가에서)

욕을 퍼붓고 쥐어뜯고 악을 쓰며 칼싸움을 해요.

사람들 벌써 한 명이 죽어 나가자빠졌군!

마르테 (밖으로 나오며)

살인자들은 벌써 도망쳤나요?

그레트헨 (밖으로 나오며)

여기 쓰러져 있는 사람은 누구예요?

사람들 네 어머니의 아들이다.

그레트헨 오, 하느님! 어떻게 이런 일이!

발렌틴 나 죽는다! 저절로 이 소리가 나오네,
이 소리보다 내가 더 빨리 죽네.
여보시오 여인네들, 왜 그리 서서 울고불고들 난리요!
이리 와서 내 말 좀 들어봐요!

다들 발렌틴 주위로 모여 선다.

그레트헨아! 넌 아직 어리고
철도 들지 않았다.
너는 네 품행을 스스로 망가트리고 있다.
너한테 모진 말이다만
넌 이제 창녀가 됐다.
그러나 그것도 네 팔자니 어쩔 수 없다.

그레트헨 오라버니! 오, 하느님! 그게 무슨 말씀이에요!

발렌틴 빈말로라도 하느님은 부르지 마라,
이젠 되돌릴 수 없다.
앞으로도 뻔하다.
너는 한 놈하고 몰래 시작했지만
곧 상대가 많아질 테고
열두 놈쯤 되면
넌 장안의 노리개가 돼있을 거다.

그리고 그 치욕스러운 씨라도 갖는 날이면
아무도 모르게 낳아버리겠지.
그놈 머리부터 귀 밑까지
시커먼 보자기로 덮어놓겠지,
아니 아주 죽여버리고 싶겠지.
그러나 그게 크면
백주대낮에도 버젓이 돌아다니겠지,
그렇다고 그 몰골이 보기 좋아지지는 않을 텐데
대낮을 찾으면 찾을수록
그 몰골은 더 추해 보이겠지.

난 벌써 네 앞날이 보이는 것 같다.
점잖은 이 마을 사람이 모두
염병에 걸려 죽은 송장이라도 본 듯
창녀가 된 너를 피해 가는 것이,

그들의 시선이 네 눈에 꽂힐 때
섬뜩해진 가슴으로 온몸을 떠는 네가!
이젠 금목걸이도 하지 못하고 다니리라!
성당에 가서도 제단 앞에 서지 못하리라!
예쁜 레이스로 꾸민 옷 입고 예전같이
춤도 신나게 출 수 없으리라!
어둡고 끔찍한 구석에 숨어
거지와 병신들 틈에 끼어 살리라.
설사 하느님이 널 용서하신다 해도
넌 이 지상에서 저주받은 신세되리라!

마르테 당신 혼백에나 자비 베풀어 달라고 하느님께 비세요!
다른 사람을 비방하는 죄까지 더하려고 그러세요?

발렌틴 이 뻔뻔한 뚜쟁이년이!
말라빠진 그 몸뚱이를 비틀어 버렸어야 했는데
원통하다. 그랬다면 내 죄값 다 치르고
용서라도 받을 수 있을 텐데.

그레트헨 오라버니! 얼마나 고통스러우세요!

발렌틴 내 말 잘 들어라, 그만 울고!
네가 순결을 포기했을 때
넌 이미 내 가슴에 비수를 꽂았다.
난 잠든 것처럼 죽어 하느님 앞으로 가련다.
군인답게 씩씩하게.

죽는다.

성 당

장례미사, 오르간 소리와 노래 부르는 소리.
그레트헨이 많은 사람 틈에 끼어있고
그 뒤에 악령이 서있다.

악령 그레트헨, 많이 변했구나.
네가 순진난만하게
이 성당 제단 앞으로 나가
다 해진 기도서를 펼쳐 들고
반은 어린아이 장난기로
반은 하느님을 진정으로 생각하며
기도문 더듬거리던 때를 생각하면 많이도 변했구나
그레트헨!
넌 생각이 있느냐?
네 가슴 속에 있는
그 끔찍한 일들을 어찌 하려느냐?
네 손으로 기나긴 고통 속으로 빠지게 한
어머니의 넋을 위해 너 이제 기도하려는 거냐?
너의 집 문턱에 뿌려진 피는 누구 피더냐?
— 그리고 그 가슴 아래
불룩 솟아 꿈틀대는 게 있지 않느냐?
그리고 그게 세상 밖으로 나오는 것을

생각하면 겁나지 않느냐?

그레트헨 아, 괴롭다! 괴로워!
내 가슴 속에서 오락가락하며
날 책망하는 생각들에서
헤어나고 싶다!

합창
노여운 그날이 오면
세계는 흩어져 재가 되리라.

오르간 소리.

악령 분노가 널 붙잡는다!
심판의 나팔소리 울린다!
무덤들이 벌벌 떤다!
그리고 너의 넋은
잿속의 안식에서
이글대는 불길의 고통으로
다시 불려나가
겁에 질려 온몸을 떨리라!

그레트헨 여기서 나갈 수만 있다면!
마치 풍금소리는
내 숨통을 틀어막고,
노랫소리는 내 가슴을
갈가리 찢어버리는 것 같아.

합창

그리하여 심판 자리에 앉으면
은폐한 일 모조리 밝혀지리니
벌은 하나도 면하지 못하리라.

그레트헨 아, 가슴이 옥죄 오네!
벽 기둥들이
나에게 달려들고
둥근 천장이
나에게 덮쳐오네! — 아아, 숨이!

악령 몸을 숨긴다한들! 죄와 치욕은
사라지지 않는다.
숨이 막힌다고? 눈이 부시다고?
불쌍한 것!

합창

불쌍한 나 그때가 되면 뭐라 말하리,
누구한테 날 보호해 달라고 부탁하리.
정의로운 사람마저 불안해 할 때는.

악령 죄를 씻은 자들은
널 외면하리라.
순결한 자들은
너에게 손을 내밀다가도 부르르 몸을 떨리라.
불쌍한 것!

합창

불쌍한 나 그때가 되면 뭐라 말하리?

그레트헨 아주머니! 향수[52] 좀! —

실신해서 쓰러진다.

발푸르기스의 밤[53]

하르츠 산중, 시에르케와 엘렌트[54] 근처.

파우스트, 메피스토.

메피스토 빗자루[55] 같은 거라도 하나 있어야 하지 않겠소?
난 제일 능글맞은 숫염소를 타고 가고 싶은데.
이런 길로 가면 목적지까지 한참 걸릴 거요.
파우스트 내 두 다리가 아직 쌩쌩하니
이 울퉁불퉁한 지팡이 하나면 충분하지,
길을 그렇게 재촉해서 무엇하누!—
미로 같은 계곡을 이리저리 누비다가
끝없이 샘물이 쏟아지는 바위 위로
기어올라가 보기도 해야
산을 타는 맛이 나지!
벌써 백양나무 속에서 봄기운이 꿈틀대고
전나무에서까지 봄기운이 느껴지는 것 같은데
우리 사지에도 춘기가 돌아야 할 것 아닌가?
메피스토 정말이지 난 춘기 같은 건 못 느끼겠소!
내 몸은 아직 을씨년스러운 겨울이라오.
가는 길에도 차라리 눈과 서리가 깔렸으면 좋겠소.
저 붉은 조각달이 마지막 힘을 다해 길 밝히려고
떠오르지만 얼마나 처량하오.

그 빛이란 게 너무나 미약해서 한 발 뗄 때마다
나무에 바위에 부딪히니 원!
그러니 도깨비불[56]이라도 불러와야겠소!
저기 마침 신나게 타오르는 놈이 하나 있군.
어이! 여보게! 우리한테 와줄 수 없나?
그렇게 쓸데없이 타버려서야 쓰것나?
이리 와서 우리가 올라가는 길 좀 비춰주게!

도깨비불 황송합니다, 경박한 제 천성을
자제하며 잘 모셔보겠습니다.
그런데 저흰 갈지 자로 걷는 버릇이 있습니나요.

메피스토 아니 뭐라구! 네놈이 사람 흉내를 내겠다는 말이냐,
잔말 말고 똑바로 가거라! 악마의 이름으로 명하노라!
안 그러면 깜빡이는 네놈 목숨 훅 불어 꺼버릴 테다.

도깨비불 나으리께서 이 마을 어른이심을 지도 잘 압니다요,
그러니 분부대로 잘 모시겠습니다.
허지만 오늘은 이 산 전체가 신들린 듯 날뛰는 날이라는 걸 생각하셔야죠,
도깨비불한테 길잡이 시키시려면
그렇게 야박하게 굴면 안 된다구요.

파우스트, 메피스토, 도깨비불 (교대로 노래한다.)
어느덧 우린 꿈과 마법의
영역으로 들어왔네.
우릴 잘 모셔라, 그래야 너에게 영광 있도다.

우린 앞으로 달려가
넓고 황량한 공간에 다다르리!

보라, 나무들 뒤에 또 나무들
쏜살같이 스쳐가네,
절벽들 차례로 허리 굽히고
길게 뻗은 코처럼 생긴 바위들
드르렁 숨을 내뿜네!

돌 틈 사이로 풀 뿌리 사이로
계곡물 냇물 득달같이 달려오네.
저게 물 소리인가? 노래 소리인가?
애절한 사랑의 푸념 소리인가?
우리가 희망하고 우리가 사랑하는
저 하늘나라의 소리인가?
그 메아리 소리 아득한 옛날
전설처럼 울려퍼지네.

우후우! 슈우후! 가까이서 울어대는
올빼미 갈까마귀 어치의 소리,
다들 깨어있었단 말이냐?
덤불 속을 기어가는 것은 도롱뇽인가?
기다란 다리에 배가 불룩 튀어나왔네.
바위와 모래밭에서 꿈틀대며
뱀처럼 기어나오는 나무 뿌리들,

우릴 놀라게 할 듯 우릴 사로잡기라도 할 듯
괴이한 올가미 펼치네.
살아있는 음부처럼 생긴 옹이에서
해파리 팔다리인 양 오랏줄 뻗어나와
나그네의 발목 휘어감으려 하네.
형형색색 쥐들[57] 떼지어
이끼와 풀밭 속을 헤매네!
반딧불이도 떼지어 날아와
엎치락 뒤치락
번잡스러운 동행자 되네.

그런데 우리가 멈춘 것인가?
계속 걸어가는 것인가?
모든 게 도는 것 같네.
얼굴 찡그린 나무와 바위 들도,
점점 불어나는
도깨비불도 돌고 도네.

메피스토 내 옷자락을 꽉 잡으시오!
여기가 중턱쯤 되는 고개인데
산 속에서 맘몬[58]이 놀랍도록
환하게 빛을 발하는 게 보이는 곳이라오.

파우스트 이상하게도 먼동이 틀 무렵처럼 희미한 붉은 빛이
계곡 전체에 아물대는구나!

절벽 아래 깊은 동굴 속까지
파고드는구나.
수증기가 위로 치솟기도 하고 옆으로 퍼지기도 하네.
베일 같은 안개 속에서 불길이 일어
가느다란 실처럼 기어가기도 하고
샘물처럼 솟구치기도 하네.
골짜기에 쫙 깔린 혈관 같은 광맥을
통째로 삼킨 듯 한눈에 비추고,
여기저기 비좁고 구석진 곳으로
갑자기 불길이 흩어진 듯
금빛 모래를 뿌린 듯
가까이서 불똥이 튀네.
오, 저걸 보라! 저 절벽 전체에
아래에서 위까지 몽땅 불이 붙었구나!

메피스토 오늘의 이 축제를 위해 맘몬께서
자신의 궁궐을 훤하게 비추는 것 아니겠소?
이걸 본 당신은 복도 많소이다.
벌써 성질 급한 손님들이 몰려오는 모양이군.

파우스트 공중에서 돌개바람이 불어오네!
내 목덜미를 냅다 내려치네!

메피스토 늙어빠졌지만 이 바위 갈빗대를 꽉 잡으시오,
안 그러면 저 깊은 무덤으로 떨어진다오!
안개가 잔뜩 끼어 밤은 더욱 깜깜한데

숲 속에서 난리치는 저 소리 들어보소.
겁에 질린 올빼미들 파드득 날아오르는 소리,
항상 푸르른 궁궐의
대들보가 빠개지는 소리,
우지끈 나무 가지 부러지는 소리,
우장창 나무 기둥 쓰러지는 소리,
나무 뿌리가 뽑히는 기괴한 소리!
모든 게 뒤죽박죽 허겁지겁
끔찍한 비명 지르며 고꾸라지는데,
쓰러진 나무 시체로 가득한 골짜기에는
쌩쌩 바람이 불어대는데
저 소리가 안 들리시오? 저 높은 데서 나는 소리가?
멀리서 가까이서 나는 소리가?
아니 이 산 전체에 울려퍼지는
미쳐 날뛰는 마녀들의 합창소리가!

마녀들의 합창
마녀들 브로켄[59]으로 행차하신다.
그루터기는 누릇누릇 새싹은 푸릇푸릇.
그곳으로 큰 무리 모여들고
우리안[60] 두령님 상석에 앉으셨네.
돌부리 넘어 나무뿌리 넘어 행차하신다.
방귀 뀌어대는 마녀, 구린내 풍겨대는 숫염소.

목소리 바우보[61] 할멈 혼자 오시네,

새끼 밴 어미돼지 타고 오시네.

합창

존경을 받을 만한 분은 존경하자!
바우보 할머니 앞장서세요! 길을 잡아주세요!
통통한 어미돼지 타셨네요.
마녀들 모두 따라갈게요.

목소리 넌 어느 길로 왔냐?

목소리 일젠슈타인[62] 고개 넘어왔지!
오다가 올빼미집 들여다봤지.
두 눈 똥그랗게 뜨고 있더라!

목소리 에이! 지옥으로 꺼지거라 이 새끼야!
왜 이리 급히 달려가냐 이놈아!

목소리 그년이 날 할켰어요,
이 상처 좀 보세요!

마녀들의 합창

비록 갈 길은 멀지만 길이 넓은데
왜 이리 밀치고 난리들이다냐?
갈퀴로 할퀴고 빗자루로 찌르니
뱃속 아기는 질식하고 어미의 배는 터지겠네.

절반의 마녀들 합창

우린 달팽이처럼 슬금슬금 기어가네,
여편네들은 다 먼저 갔네.
악마의 집으로 향할 때는 여자가

천 걸음 빠르지.

나머지 마녀들의 합창

우린 그런 거 대수롭지 않게 보네.
여자가 천 걸음 빠르다지만
아장걸음으로 제아무리 빨라봤자지.
남자가 한번 훌쩍 뛰면 따라잡고도 남지.

목소리 (위에서)

어서들 와요! 어서! 호숫가 바위에 있지 말고!

목소리 (아래에서)

우리도 올라가고 싶어요.
우린 날마다 목욕재계해서 훤해 보이지만
아기는 영영 배지 못해요.

위아래 목소리의 합창

바람은 말이 없고 별들은 달아나네,
으스스한 달빛마저 모습을 감췄네.
마녀들 합창소리 요란하고
불꽃은 무수히 튀어오르네.

목소리 (아래에서)

기다려요! 기다려!

목소리 (위에서)

거기 바위 틈에서 소리지르는 사람 누구요?

목소리 (아래에서)

나도 데리고 가요! 나도!

나는 지금 삼백 년째 올라가고 있지만
정상까지 갈 수가 없어요.
나도 처지가 같은 사람들이랑 어울리고 싶어요.

위아래 목소리의 합창

빗자루도 태워주고 몽둥이도 태워주고,
갈퀴도 태워주고 염소도 태워주는데
오늘도 오르지 못하는 자는
영영 구제할 수 없도다.

덜된 마녀 (아래에서)

난 오래 전부터 아장아장 뒤따라가는데
딴 사람들은 벌써 저 멀리 가버렸어요!
집에 있어도 안절부절이라
여기까지는 왔는데 도저히 따라갈 수가 없어요.

마녀들의 합창

마녀들 고약[63]만 바르면 힘이 나네,
넝마 한 조각이면 돛 달기 충분하고
함지박 하나면 훌륭한 배가 되네,
오늘 날지 못하는 자 영영 날지 못하리.

왼쪽 오른쪽의 합창

우린 산봉우리 돌아 날아가련다,
너흰 땅바닥으로 기어와라.
넓고 황량한 이 벌판을 뒤덮어라,
떼지어 몰려오는 마녀들아.

마녀들 주저앉아 쉰다.

메피스토 덤비고 뿌리치고 달라붙고 덩그랑!
식식 색색 뱅그랑 잡아끌며 소리치네!
불꽃 튀고 냄새 풍기고!
과연 진정한 마녀의 세계로다!
자, 날 꽉 잡으시오! 놓치면 바로 떨어진다오.
아니 어디 있소?

파우스트 (멀리서)
여기 있지!

메피스토 아니! 벌써 거기까지 휩쓸려 갔나?
안 되겠다 이젠 자구책을 써야지.
물렀거라! 악마나으리 가신다 물렀거라! 귀여운 잡것들아 물렀거라!
이쪽이오 박사나으리, 날 꽉 잡으시오! 어서 펄쩍 뛰어
이 난장판에서 벗어납시다.
이건 나 같은 놈이 보기에도 생지랄이네.
저기 옆쪽에 특이하게 빛나는 게 있소,
저 덤불 쪽에 끌어당기는 게 있단 말이오.
자, 갑시다! 그쪽으로 끼어듭시다.

파우스트 야, 이 모순덩어리야! 계속 지껄여라! 네놈이 내 길잡이 아니더냐.
내가 다 알지, 네놈이 아주 꾀를 잘도 쓰는구나.
우린 발푸르기스의 밤에 브로켄으로 가는 길인데

네 멋대로 이탈하자는 거냐.
메피스토 저걸 좀 보시라구요, 저 찬란한 오색 불길을!
신이 난 패거리들이 모여있다구요.
오붓한 모임에서는 외롭지 않죠.
파우스트 그래도 나는 저 위쪽으로 가고 싶다!
벌써 불길과 회오리 연기가 보인다.
다들 그쪽으로 악마한테로 몰려들 가지 않느냐,
거기서는 많은 수수께끼가 풀리겠지.
메피스토 그 수수께끼들이 꼬리에 꼬리를 물 수도 있소이다.
저 큰 무리들이 모여드는 곳은 떠들게 놔두고
우린 조용하고 오붓한 여기에 자리 잡읍시다.
큰 세계 속에 작은 세계를 꾸미는 건
옛날 옛적부터 내려오는 지혜라오.
저길 좀 보시오, 젊은 마녀들은 홀딱 벗고
늙은 것들은 현명하게도 몸을 가렸군.
제발 내 체면을 봐서라도 친절하게 대해 주구려,
조금만 공들이면 큰 재미 볼 수 있단 말이오.
무슨 악기소리까지 들리는군!
제기랄, 코 고는 소리 같네! 하지만 익숙해지면 괜찮소이다.
자, 갑시다! 빨리! 별 수 없어요.
내가 앞에서 안으로 안내하겠소,
그런 다음 새 인연을 맺게 해주리다.
자, 어때요? 장소가 좁은 것도 아니잖소.

자, 한번 쭉 보라구! 끝이 안 보이지 않소.
모닥불 수백 더미가 줄지어 타고 있소이다.
춤추고 나불대고 요리하고 술 마시고 연애하고.
말해 보시오, 이보다 더 좋은 데가 있겠소이까?

파우스트 그래, 우리가 여기에 끼기 위해
자넨 마술사 행세를 할 텐가, 악마 행세를 할 텐가?

메피스토 나야 암행에 능하지만
큰 축제에서는 누구나 훈장 자랑하고 싶어 하죠.
영국 황실의 최고 훈장[64]도 나한테는 아무 소용없죠.
그러나 여기선 말발굽 보여주면 집안어른 행세할 수 있죠.
저기 달팽이가 보이오? 이쪽으로 슬금슬금 기어오는.
저놈이
나한테서 무슨 냄새를 맡은 모양이오.
아무리 숨기려 해도 여기선 내 신분을 숨길 수 없단 말야.
자, 따라오시오! 모닥불을 건너 모닥불로 돌아다녀 봅시다.
난 중매쟁이고 당신은 구혼자요.

곧 꺼질 듯한 숯불을 둘러싸고 앉아있는 몇 사람에게.

노인장들[65]께서는 이 구석에 앉아 뭣들하고 계십니까요?
계집들에 둘러싸인 젊은 것들처럼
저 한복판에 계셔야죠.
우두커니 있는 것은 집에서도 할 수 있죠.

장군 누가 나라와 국민을 믿겠소이까.
그들 위해 그렇게 많은 공을 세웠건만

대중이란 계집과 같아서
젊은 것들만 추켜세우지요.

장관 요즘 세상은 정도에서 벗어나도 너무 벗어났어요,
옛날이 좋았지요.
물론 그때는 우리가 무슨 일에서든 중용되었지,
그때가 정말 황금기였지.

벼락부자 사실 우리가 바보는 아니었지,
그래서 해서는 안 될 짓도 종종 했지.
단단히 한몫 챙길 수 있었는데
세상이 그만 홀러덩 뒤집혔지 뭔가.

작가 요즘 사람들
현명하고 온건한 글을 읽으려 해야지요!
그리고 요즘 젊은놈들 말야
시건방지기가 이를 데 없어요.

메피스토 (갑자기 아주 늙은 노인처럼)
나도 마지막으로 마녀의 산에 오르고 있소만
이 군중에게 최후의 심판 날이 다가온다는 느낌이 들어요.
내 술통에서 나오는 술이 이렇게 탁해졌다는 건
이 세상도 기울기 시작했다는 증거 아니겠소.

고물 파는 마녀 여보시오 어르신들! 그냥 지나가지들 마슈!
이 좋은 기회를 놓치지 마시라구!
내 물건을 잘 살펴들 보시라구.
없는 게 없단 말이오.

게다가 내 가게에는
딴 가게에는 없는
세상과 인류에게
보란 듯이 재앙을 던진 물건들만 있다구.
사람의 피를 안 본 칼은 없고,
건장한 육체에다 독약을 부어
서서히 죽어가게 하지 않은 술잔도 없고,
마음에 드는 계집을 유혹하지 않은 패물도 없고,
약속 내던지고 등 뒤에서 상대방을
찌르지 않은 칼도 없다구.

메피스토 여보시오 아주마이! 아주마이는 지금이 어떤
시절인지 모르시는구려.
해치운 것은 지나간 일! 지나간 것은 다 끝난 일이지!
좀 새로운 걸 팔아보시라구요!
새로운 것만이 우리 마음을 끌 수 있으니.

파우스트 자신을 잊으면 안 되지!
이건 그저 고물딱지일 뿐!

메피스토 이 무리 전체가 무조건 위쪽으로만 가는군.
딴 사람을 미는 것 같지만 사실은 밀려들 가는 거지.

파우스트 아니 저게 누구야?

메피스토 잘 보라구요!
릴리트[66] 아닙니까.

파우스트 누구라고?

메피스토 아담의 첫 번째 마누라 아닙니까.
저 아름다워 보이는 머리카락을 조심해야 해요,
저 여자가 자랑하는 유일한 무기죠.
저걸로 젊은 사내를 낚아채면
절대 놔주지 않는단 말이오.

파우스트 저기 둘이 앉아있군, 늙은 여자와 젊은 여자가.
벌써 어지간히 춤을 춘 모양이네!

메피스토 저것들은 오늘 쉴 틈도 없을 거요.
다시 춤이 시작되는군, 자 갑시다, 우리도 끼어듭시다.

파우스트 (젊은 마녀와 춤을 추며)
언젠가 멋진 꿈을 꿨지.
꿈속에서 사과나무 한 그루 봤지.
반짝이는 예쁜 사과 두 알 달려있었지.
마음이 끌려 그 나무에 올라갔지.

예쁜 마녀 사과는 당신네 남자들이 탐내는 거죠.
옛날 낙원시절부터 말예요.
우리집 정원에도 그런 게 열려
얼마나 좋은지 모르겠어요.

메피스토 (늙은 마녀와 함께)
언젠가 황당한 꿈을 꿨지.
꿈속에서 쫙 벌린 나무 한 그루 봤지.
아주 큰 구멍이 하나 뚫려있었지.
엄청나게 컸지만 마음에 들었지.

늙은 마녀 말발굽 기사님
진심으로 인사드려요!
큰 구멍도 개의치 않으시면
큰 마개 하나 준비하시지요.

궁둥이 심령술사[67] 이 망할놈들아! 이게 무슨 수작이냐?
도깨비가 멀쩡한 두 발로 걷지 못한다는 건
이미 오래 전에 증명된 사실 아니냐?
그런데 네놈들이 우리 사람처럼 춤까지 춰!

예쁜 마녀 (춤을 추며)
저 사람 우리 춤추는 데 와서 왜 저러죠?

파우스트 아, 저 작자 안 끼는 데가 없지.
딴 사람 춤도 비평 안 하고는 못 견디지,
어떤 스텝이든 자기가 인정해야 스텝이고
자기가 인정 안 한 스텝은 스텝도 아니라고 하지.
저 작자는 앞으로 나가며 추는 걸 제일 싫어하지,
자기 집 낡은 물레방아[68] 돌아가듯
한자리에서 뱅글뱅글 도는 춤만 춰야
그 정도면 됐다고 겨우 평가하지.
특히 삼가 비평을 부탁한다고 하면 아주 좋아하지.

궁둥이 심령술사 아직도 그대로들 있군! 이런 괘씸한 것들 봤나!
썩 꺼지지 못할까! 우린 세상을 계몽시켰어!
헌데 도깨비 네놈들은 규칙을 묻지도 않아.
우린 엄청나게 개명됐는데 아직도 테겔[69] 근방에 도깨비가 나타난다고 하다니.
미신을 싹 쓸어버리려고 내가 얼마나 오래 애썼던고.
그런데도 사라지질 않으니 미치겠다!
예쁜 마녀 우리 흥을 깨는 짓은 그만하세요!
궁둥이 심령술사 너희 도깨비들 면전에 대고 말해 주마,
횡포를 부리는 도깨비의 정신이 역겹도다.
난 그런 짓 안 한다.

다들 계속 춤을 춘다.

오늘은 일이 잘 안 되는군.
허지만 내가 항상 여행기[70]를 쓰며 다니니
여행을 마칠 때까지는
악마와 시인놈 들 혼쭐낼 수 있겠지.
메피스토 저놈은 곧 물구덩이에 주저앉을 거다,
그게 저놈이 하는 자위 방식이거든.
그래서 거머리가 저놈 엉덩이에 붙어 즐기는 동안은
도깨비 귀신병에서 벗어날 수 있겠지.

춤을 추는 무리에서 빠져나온 파우스트에게.

아니 왜 그 예쁜 계집애를 놔줬소?
당신과 춤을 추며 아주 귀엽게 노래하던데.
파우스트 아 글쎄 고게 한참 노래를 부르는데
그 입에서 빨간 쥐새끼가[71] 튀어나오더라고!
메피스토 그거 잘됐군! 그렇다고 심각하게 생각할 건 아냐.
회색 쥐새끼가 아니면 됐어.

여자랑 재미 보며 누가 그런 걸 문제 삼누?

파우스트 그러고 나서 내가 본 것은 ——————

메피스토 뭘 봤는데?

파우스트 메피스토, 저게 보이나?

저 멀리 예쁘고 창백하게 생긴 아이가 혼자 서있는 게?
아주 천천히 움직이는 걸 보면
두 발이 묶인 채 걷는 것 같아.
솔직히 말하면 저 아이는
착한 그레트헨과 많이 닮은 것 같아.

메피스토 저런 건 그냥 못 본 척 하라구! 좋을 게 전혀 없으니.

마법의 환영에 불과하니 생명 없는
저런 것과 마주쳐서 좋을 게 없지.
저 굳어버린 멍한 시선에 박히면 사람의 피가 굳어버린다구,
잘못하다가는 온몸이 돌로 변해 버린다구요.
당신도 메두사[72] 얘기 들어봤을 테지.

파우스트 그러고 보니 저건 정말 사랑하는 사람이

감겨주지 못한 눈이구나.
저건 그레트헨이 나에게 준 가슴,
저건 내가 즐긴 그 애틋한 몸.

메피스토 저건 요술이라니까, 잘도 속아넘어 가는 이 바보야!

저 여잔 누구에게나 애인같이 보인단 말이오.

파우스트 오, 이 기쁨! 오, 이 괴로움!

나는 저 눈초리에서 벗어날 수가 없다.

그런데 이상하다, 저 아름다운 목을
겨우 한 가닥 끈으로 장식하다니.
그것도 칼등만큼도 안 되는 끄나풀로!

메피스토 그러게요! 내가 보기에도 그러네요.
저 여자는 머리를 자기 겨드랑에 끼고 다닐 수도 있겠소이다,
페르세우스[73]가 머리를 잘라버렸으니. –
왜 그리 항상 망상만 좋아하시오!
자, 저 언덕 쪽으로 가봅시다,
저긴 프라터[74]처럼 즐거운 곳이라오.
그리고 내가 뭐에 홀린 게 아니라면
정말 연극도 하려는 모양이네.
거기 뭣들 하고 있소?

안내원 금방 다시 시작합니다.
새 작품이죠, 일곱 편 중 마지막 것입니다.
많이 많이 보여드리는 게 이 고장 풍습이죠.
작가도 아마추어고
배우도 모두 아마추어입니다.
실례합니다 손님 여러분, 저는 이제 물러갑니다.
저도 막 올리는 일을 맡은 아마추어랍니다.

메피스토 너희와 브로켄에서 만나다니
잘 됐군, 너흰 여기와 잘 어울리니까.

발푸르기스 밤의 꿈

또는 오베론과 티타니아[75]의 금혼식 막간극.

무대감독 미딩[76]의 씩씩한 제자 여러분,
오늘은 우리 쉽시다.
이 친숙한 산과 습기 찬 골짜기가
모두 우리 무대랍니다!

의전관 혼인한 지 오십 년째가 되면
금혼이라 한다는데
부부싸움 졸업하고 금슬 다시 좋아지니
그 이름 더욱더 마음에 드네.

오베론 여봐라 귀신들아, 가까이 있거들랑
모습 드러내거라.
왕과 왕비께서 새롭게
인연 맺는 자리이니라.

퍽[77] 퍽이 나와 비스듬히 돌면서
살살 발을 끌며 윤무를 춥니다.
나와 함께 즐기려고
수백 명이 내 뒤를 따라나옵니다.

아리엘[78] 아리엘이 앞장서서
천상의 맑은 소리로 노래합니다.
추한 자 그 노래에 홀려나오고

아름다운 아이들도 몰려듭니다.

오베론 금슬 좋게 살고 싶은 부부들은
우리 두 사람에게 그 비결을 배울지어다!
둘이 사랑하게 하려면
둘을 떼어놓기만 하면 되느니라.

티타니아 남편은 화를 내고 아내는 토라지면
재빨리 둘을 잡아
여자는 남쪽으로 보내고
남자는 북쪽 끝으로 보내면 된다고요.

관현악단 (아주 세게)
파리 주둥이와 모기 코,
그리고 그 권속들인
나뭇잎 위 개구리와 풀 속 귀뚜라미가
우리 악사올시다.

독창 보소, 저기 가죽피리꾼이 나옵니다!
비누거품 불듯 불어댑니다.
슈네케슈니케슈낙 슈네케슈니케슈낙
납작코로 불어댑니다.

막 만들어지는 귀신 거미 발에다 두꺼비 배때기,
고 작은 몸에 날개까지 달렸네!
이 세상에 그런 동물은 없다지만
그런 시는 버젓이 존재한다네.

젊은 한 쌍 꿀이슬과 향기발 헤치며

아장아장 걷다 팔짝 뛰기도 하네.
너의 그 종종걸음 기특하기는 하다만
공중으로 날지는 못하지.

호기심 많은 나그네 이건 가장무도회 풍자 아닌가?
내 눈을 믿어도 좋다면
오늘 요정의 왕 오베론을
이런 데서 보다니!

정통파 신자 발톱도 없고 꼬리도 없구나!
그러나 의심할 필요도 없이
희랍의 신들과 마찬가지로
저놈도 틀림없이 악마다.

북방 화가 내 그림은 아직
스케치에 불과하지.
그러나 때가 되면 나도
이탈리아 여행을 준비하겠지.

순수도덕 수호자 아이구! 재수없게 어쩌다 이런 곳에 왔는고!
이 무슨 방탕한 짓들인고!
마녀들 우글대는데
분칠하고 단장한 건 둘뿐이구나.

젊은 마녀 분 바르고 치마 두르는 건
머리 허연 할망구나 하는 짓이지.
나는 홀딱 벗고 염소 등에 올라타서
탐스러운 내 몸뚱이 자랑할랍니다.

늙은 귀부인 우린 워낙 까다로운 존재라
여기서 너희와 입씨름하진 않겠지만
젊고 보드라운 너희 몸뚱이가
고대로 썩어 문드러지면 좋겠다.

악단 지휘자 파리 주둥이와 모기 코야,
홀딱 벗은 저 계집에게 정신 팔지 마라!
나뭇잎 위 개구리와 풀 속 귀뚜라미야
너희도 제발 박자 좀 맞추거라!

풍향기 (한쪽을 향해서)
말이 필요 없는 아가씨들이군요.
하나같이 다 훌륭한 신부감입니다!
젊은 총각 여러분도 하나같이 다
앞날이 창창합니다.

다른 쪽을 향해서.

만일 이 땅덩이가 아가리를 쫙 벌려
저놈들을 모조리 삼켜버리지 않는다면
차라리 내가 한걸음에 달려가
지옥으로 뛰어들고 싶도다.

풍자시[79] 우린 곤충 모습을 하고 여기 왔습니다,
작고 예리한 집게발로요.
우리 아빠이신 악마나으리들
품위에 맞게 모시려고요.

헤닝스[80] 저것들 좀 보시오, 저렇게 한데 모여

순진한 척 하며 노는 꼴을!
저러고도 나중에는
자기들 마음이 고와서 그랬나 하겠지.

무사게트[81] 나는 이 마녀들 대열에 끼어
한바탕 설쳐대고 싶도다.
나야 시의 여신 뮤즈보다
마녀들을 더 잘 다룰 수 있으니까.

예전의 시대정신[82] 빽만 좋으면 뭐라도 된다.
자, 내 옷자락을 꽉 붙잡아라!
브로켄은 독일 문단처럼
넓고 넓으니라.

호기심 많은 나그네 여보세요, 대체 저 뻣뻣한 남자는 누구요?
걸음걸이 한번 거만하구만.
냄새 맡을 건덕지만 봐도 킁킁대는 개새끼 같구려.
'예수회 신자 탐지해 내는 놈'이라던데.

두루미 난 맑은 물에서 고기 잡는 걸 좋아하지요,
물론 흙탕물에서도 잡지요.
그래서 당신들이, 믿음 두터운 어르신들이
악마들과도 어울리는 걸 보는 거라오.

현세를 즐기는 사람 그렇겠군요, 믿음이 신실한 양반은
모든 걸 이용할 수 있으니까요.
이 정상 브로켄에서까지
비밀스러운 온갖 집회를 하겠지요.

무용수들 저기 새 합창단이 오는 모양이네?
멀리서 북소리가 들리네.
조용히 좀 해! 저건 갈대밭에서
울어대는 해오라기떼구나.

무용교사 다들 발을 잘도 치켜올리는군!
웬만하면 몸을 드러내 보이겠다는 심사로군!
꼽추도 깡충 뛰고 뚱보도 껑충 뛰고
자기 꼴이 어떤지는 상관없다는 거로군.

양금쟁이 저 야비한 무리는 서로 미워해서
죽을 때까지 아웅다웅하는구나.
오르페우스가 칠현금으로 짐승들을 불러모았듯이
여기서는 가죽피리가 그놈들을 불러모으네.

독단론자 비판론 회의론을 내세워
아무리 떠들어 봤자 난 흔들리지 않는다.
악마도 틀림없이 그 무엇이다,
그렇지 않으면 악마 또한 존재하지 못할 거 아닌가?

관념론자 이번에는 내 상상력이
지나치게 활달하구나.
상상하는 내용이 모두 내 것이라면
오늘 나는 웃음거리가 되겠군.

실재론자 이런 것들은 정말 두통거리라
피할 수도 없게 날 괴롭히네.
두 발 딛고 내가 확실하게 못 서는 데는

여기가 처음이구나.

초자연주의자 여기 오니 기분이 정말 좋다,
이 친구들과 만나 즐겁기 그지없다.
악마의 존재 때문에 선한 도깨비의 존재를
짐작할 수 있으니 말이다.

회의론자 이놈들은 작은 불꽃을 따라가면
보물 묻힌 곳을 찾을 수 있다고 믿지.
하지만 악마랑 운이 맞는 건 설마뿐이다.
그러니 나만 제자리에 와있는 셈이지.

악단 지휘자 나뭇잎 위 개구리야 풀 속 귀뚜라미야,
이 우라질 아마추어들아!
파리 주둥이야 모기 코야,
네놈들이라도 악사 노릇하거라!

처세에 능한 자들 상수시,[83] 이게 즐거운 패거리의
모임 이름이렷다.
이젠 발로 다녀서는 통하지 않는다,
그래서 우린 머리로 걸어다닌다.

곤경에 빠진 자들[84] 전에는 알랑대서 콩고물깨나 얻어먹었는데
이젠 어디서나 잘 가시오! 하며 외면하는구나.
이리 뛰고 저리 뛰다보니 신발도 다 해져
맨발로 다니는 신세되었구나.

도깨비불[85] 우린 늪에서 태어나
늪에서 살다 왔습니다만

곧장 춤추는 대열에 끼어
번쩍대는 멋쟁이 신사되었소.

유성 별처럼 반짝이고 불처럼 빛나는
나는 높디높은 하늘에서 내려와
풀밭에 가로누워 있어요.
누가 나 좀 일으켜 줄래요?

뚱보들[86] 물렀거라 물렀거라! 사방팔방 물렀거라!
풀들도 머리 숙이며 눕는구나.
도깨비님들 나오신다, 도깨비님들 또한
모두 사지가 건실하시단다.

푹 코끼리처럼 그렇게
뒤뚱뒤뚱 나오지 마라,
오늘 제일 큰 뚱뚱보 역을 맡은 이는
상스러운 푹 나뿐이니라.

아리엘 자애로운 자연과 신령님이
너희에게 날개 달아줬으니
가뿐한 내 발길 따라오라,
저 장미 언덕으로!

관현악단 (아주 약하게)
흘러가는 구름도 자욱한 안개도
위에서부터 서서히 걷혀지네.
나뭇잎에 부는 바람 갈대숲에 부는 바람
모든 게 흔적도 없이 사라졌구나.

흐린 날, 벌판

피우스트, 메피스토.

파우스트 절망 속에서! 비참 속에서! 오래도록 헤매다가 영어의 몸 되었구나! 살인죄로 감옥에 갇혀 그 끔찍한 고초 겪는구나, 순진하고 복 없는 그 아이가! 그 지경이 되도록! 그 지경이 되도록! — 이 쓰레기 같은 배신자야, 네놈이 그걸 숨겼구나! — — 그래 그렇게 우두커니 서있기만 하거라, 서있기만 하거라! 그러고는 못마땅해 하는 낯짝으로 악마 같은 두 눈깔을 뱅글뱅글 굴리는구나! 그렇게 뻣뻣이 서서 그 역겨운 몰골로 덤벼봐라 이놈아! 붙잡혔단 말이다! 돌이킬 수 없는 비참 속에 갇혔단 말이다! 죄를 추궁하는 악령들에게 에워싸여 냉혹한 판관들 손에 넘어갔단 말이다! 그런데 네놈은 형편없는 잡탕거리로 살랑대며 하루하루 늘어만 가는 그 아이의 고통을 감쪽같이 숨기고, 그 아이가 아무런 도움도 받지 못한 채 파멸하게 내버려뒀구나!

메피스토 그런 일 당하는 건 그 아이가 처음은 아니죠.

파우스트 이 개 같은 놈아! 이 짐승 같은 흉측한 놈아! — 이놈을! 아, 무한한 땅의 신령이여! 이 버러지 같은 놈을 원래 태생인 개로 만들어주오. 이놈은 원래 개라서 야밤에 나타나 이리 뛰고 저리 뛰며 개지랄 떨던 놈이요, 무심코 지나가는 사람들 발밑에서 뒹굴다가 그 사람이 넘어지면 어깨를 물어뜯던 놈이요. 이놈은 뱀을 좋아하니 뱀으로 만들어주오. 그래서 모랫바닥에 배를 깔고 기어가면 이 뒈질놈을 밟아죽이겠소! ― 첫 번째가 아니라고! ― 우라질놈! 우라질놈! 도저히 납득할 수 없구나. 이렇게 비참한 구렁텅이에 빠진 사람이 하나가 아니라고! 영원히 죄를 용서하시는 하느님 앞에서, 고통스러운 죽음 앞에서 몸서리치시며 돌아가신 저 첫 번째 희생양 그리스도의 죽음도 모든 이의 죄를 속죄하기에 부족했단 말인가! 나는 이 여인이 겪는 비참만으로도 연민이 뼛속을 후벼파는데 네놈은 수천 명이 그런 운명에 처했으니 별일 아니라고 냉소를 짓는단 말이냐!

메피스토 이쯤되면 우린 또다시 지혜에 한계를 보이는구려, 당신들 사람이 실성하는 그 한계 말이외다. 도대체 왜 우리랑 한편이 되려 했소? 끝까지 함께 할 수도 없으면서? 날고는 싶은데 눈 앞이 아찔해 못 날겠다 그거요? 우리가 당신한테 매달렸나요? 당신이 우리한테 매달렸나요?

파우스트 그 탐욕스러운 이빨 집어넣고 아가리 닥치거라! 구역질난다 이놈아! ―― 위대하고 장엄한 땅의 신령이여! 몸소 내 앞에 나타난 당신은 내 마음을 내 정신을 잘 알면서 어찌하여 이리도 수치스러운 놈을 붙여줬나이까? 사람이 화를 당하면 좋아하고 사람의 파멸을 빨아먹는 이런 비열한 놈을!

메피스토 하고 싶은 말 다했소이까?

파우스트 그 아이를 구해 내란 말이다! 안 그러면 경칠줄 알아!

수천 년을 두고 너에게 가장 끔찍한 저주를 퍼부을 테니!

메피스토 난 재판관이 채워놓은 복수의 사슬도, 감옥문 자물쇠도 풀 수 없소이다. — 구해 내리구! 말은 쉽소만 개를 그 지경으로 몰아넣은 게 누구요? 나요? 당신이요?

파우스트, 사나운 눈초리로 주위를 둘러본다.

당신은 날 지져죽이려고 번개라도 잡으려는 거요? 그런 게 당신 같은 비참한 작자들 손에 들어가지 않아 다행이오! 이렇게 순진하게 상대해 주는 날 박살내려 하다니, 그게 바로 입장이 난처해지면 화를 내는 폭군이지.

파우스트 날 그 아이가 있는 데로 안내하거라, 그 아이를 살려 내야겠다!

메피스토 당신이 겪어야 할 위험은 어쩌구요? 그 마을에는 당신이 범한 살인죄가 남아있다는 걸 명심하시오. 죽임을 당한 이의 무덤에서는 복수의 귀신이 살인자가 돌아오기만 기다리고 있단 말이오.

파우스트 네놈 입에서 그런 소리가 나오느냐? 세상의 살인죄를 다 책임져야 할 놈이! 그 아이가 있는 데로 날 안내하란 말이다, 그 아이를 구해 내란 말이다!

메피스토 모셔다드립죠, 허지만 내가 어디까지 할 수 있는지 알려줄 테니 잘 들으시오! 내가 지상과 천상에서 다 통하는 힘이라도 가진 줄 아시오? 내가 문지기놈을 몽롱하게 만들 테니 열쇠를 뺏어 그 아이를 데리고 나오시오! 내가 망을 보겠소이다! 마법의 말을 준비해 놨다가 당신들을 도망시키겠소! 그 정도는 할 수 있소이다.

파우스트 자, 가자!

밤, 광활한 벌판

파우스트와 메피스토, 검은 말을 타고 번개처럼 달려간다.

파우스트 저기 형장 주변에서 움직이는 것들이 뭐지?
메피스토 글쎄요, 음식을 만드나? 뭘 하는 거지?
파우스트 위로 떠올랐다 내려갔다, 허리를 굽혔다 폈다 하네.
메피스토 마녀들 모임일 겁니다.
파우스트 모래를 뿌리기도 하고 주문을 외우기도 하네.
메피스토 자, 갑시다 어서!

감 옥

파우스트 (등불과 열쇠꾸러미를 든 채 작은 철창문 앞에서)

오랫동안 잊고 살았던 두려움에 몸서리가 쳐지고,
인류의 온갖 비애가 나를 덮치는구나.
여기에, 이 눅눅한 담벼락 뒤에 그 아이가 있다.
그 아이가 무슨 죄를 지었단 말이냐, 너에게 미쳤을 뿐인데!
헌데 넌 그 아이에게 가는 것을 망설이는구나!
그 아이를 다시 보는 것을 두려워하는구나!
서둘러라! 너의 그 망설임은 그 아이의 죽음을 재촉할 뿐이다.

자물쇠를 잡는다.
안에서 노랫소리가 흘러나온다.

우리 엄만 화냥년,
날 죽였어요!
우리 아빤 악당,
날 먹어버렸어요!
어린 내 누이동생
뼈를 주워 모아
시원한 곳에 묻어줬어요.
그래서 난 예쁜 산새가 되어
날아가요, 훨훨 훨훨!

파우스트 (자물쇠를 풀며)

애인이 와서 듣는 것을 모르는구나.

철렁대는 쇠사슬 소리를, 바스락대는 지푸라기 소리를.

안으로 들어간다.

마르가레테 (자리에서 몸을 숨기며)

어머나! 날 데리러 오네, 나 무참하게 죽네!

파우스트 (아주 작은 소리로)

조용, 조용히! 당신을 살리려고 내가 왔소.

마르가레테 (파우스트 앞으로 굴러나오며)

당신도 사람이면 딱한 내 사정 좀 봐주세요.

파우스트 그렇게 소리지르면 간수가 깨요!

사슬을 잡고 풀려한다.

마르가레테 (무릎을 꿇고)

망나니 같은 당신이 무슨 자격으로 나한테
이러세요!
한밤중에 날 끌어내다니요.
제발 저를 불쌍히 여겨 살려주세요!
내일 아침에 해도 늦지 않잖아요?

일어선다.

난 아직 젊은데, 이렇게 젊은데!
벌써 죽어야 하다니!
난 정말 고왔는데 그게 화를 불렀죠.
그리운 사람이 곁에 있었는데 멀리 가버렸어요.
화관은 찢기고 꽃은 흩어져 버렸어요.
그렇게 억지로 날 붙잡지 말아요!

날 좀 봐주세요! 내가 당신한테 잘못한 거 없잖아요?
제발 내 간청을 들어주세요,
난 당신을 본 적도 없어요!

파우스트 (혼잣말로)
아, 내가 이런 비참함을 겪다니!

마르가레테 난 이제 당신 손에 달렸어요,
제발 아기한테 젖을 물리게 해주세요.
오늘밤 계속 안고 있었는데
날 괴롭히려고 뺏어갔어요.
그러고는 내가 그 아일 죽였대요,
난 이제 다시는 웃지 못할 거예요.
다들 날 조롱하는 노래를 불러요![87] 정말 나쁜 사람들이에요!
옛날 동화 하나가 그런 식으로 끝나죠,
누구 마음대로 그걸 내 얘기라고 하는 건가요?

파우스트 (꿇어앉는다.)
사랑하는 이가 당신 발 밑에 꿇어앉아
당신을 구하려고 족쇄를 푸는 거요.

마르가레트 (파우스트를 향해 꿇어앉는다.)
자, 우리 같이 무릎을 꿇고 앉아 성인성자께 빌어요!
보세요! 이 계단 밑에,
이 문지방 밑에
들끓는 지옥이 있어요!
마귀가

무섭게 화를 내며
요란하게 소리를 지르고 있어요!

파우스드 (큰 소리로)

그레트헨! 그레트헨!

마르가레테 (귀를 바짝 세우며)

저건 그이 음성이야!

벌떡 일어서자 쇠사슬이 아래로 떨어진다.

그이는 어디 있지? 그이가 부르는 소릴 들었는데.
살았다! 이젠 아무도 날 막을 수 없어.
그이 목으로 날아가
그이 품에 안겨야지!
그이가 부르셨어, 그레트헨! 하고. 저 문턱에 서계셨어.
지옥이 으르렁대며 요란을 떠는데
성난 악귀들이 조롱하는 소리에 섞인
그립고 정겨운 그이 음성을 난 똑똑히 들었어.

파우스트 나요!

마르가레트 당신이군요! 오, 다시 말해 보세요!

파우스트를 붙잡으며.

그이야! 그이! 그 많은 고통은 어디로 사라졌지?
감옥살이의 두려움은 어디로 사라졌지? 쇠사슬은?
당신이군요! 날 살리려고 오셨군요!
난 이제 살았어요! ----
벌써 그 거리가 보여요,

당신을 처음 만난 그 거리가요.
즐거웠던 그 정원도요,
저와 마르테가 당신을 기다리던 그 정원 말예요.

파우스트 (데리고 나가려 애쓰며)
자, 갑시다! 같이!

마르가레테 아이, 잠깐만 기다리세요!
난 당신이 있는 곳에 있고 싶어요.

파우스트를 애무한다.

파우스트 서둘러!
안 그러면
우린 큰 일나.

마르가레테 어머, 이젠 입맞춤도 할 줄 모르시나요?
잠시 떨어져 있는 동안 당신은
입맞춤도 잊으셨나요?
당신의 목을 끌어안고 있는데 왜 이렇게 두렵죠?
전에는 당신의 목소리만 들어도, 당신의 눈만 봐도
온 하늘이 날 덮어주는 것 같았는데.
그리고 당신은 숨이 막히도록 나한테 입맞춤을 해줬죠.
키스해 주세요!
안 하시면 제가 할래요!

파우스트를 끌어안는다.

어머나! 당신 입술이 왜 이렇게 차가워요?
벙어리가 됐군요.

그 사랑은
어디로 갔죠?
누가 뺏어갔죠?

파우스트에게서 몸을 돌린다.

파우스트 자, 갑시다! 날 따라와요! 두려워하지 말아요!
나중에 천 배 더 뜨겁게 안아줄 테니
지금은 그냥 따라와요! 부탁이오 제발!

마르가레테 (파우스트에게서 몸을 돌리며)
그런데 정말 당신 맞아요? 분명히 당신이죠?

파우스트 나요 나! 어서 갑시다!

마르가레테 당신은 사슬을 풀어주시고
다시 날 안아주시는군요.
날 꺼려하시지 않다니 어떻게 된 거죠? ---
당신이 지금 구하려는 사람이 누군지 아세요?

파우스트 자, 갑시다! 가! 날이 새겠어요.

마르가레트 난 어머니를 죽였어요,
내 아기를 물 속에 빠트렸어요.
그 아기는 당신과 나에게 선물 아니었나요?
당신에게도요, --- 당신이군요! 믿어지지가 않아요,
당신 손 좀 주세요! 꿈이 아니군요!
다정한 이 손! --- 아, 그런데 축축하군요!
닦으세요 손을!
피가 묻은 것 같아요.

아아, 세상에! 무슨 짓을 하셨나요!
칼을 집어넣으세요!
어서요 제발!

파우스트 지나간 일은 덮어둡시다.
그때 얘기를 하면 난 죽고 싶소.

마르가레테 안돼요, 당신은 살아야 해요!
당신한테 묘지를 부탁하고 싶어요.
내일 당장
해주셔야 해요.
어머니를 제일 좋은 자리에 모시고
오라버니는 그 옆에.
그리고 조금 떨어진 곳에 날 묻어주세요.
하지만 너무 떨어지면 싫어요!
그리고 아기는 내 오른쪽 가슴 가까이에 묻어주세요.
아기 말고는 내 옆에 아무도 묻으면 안 돼요!
당신 품 속으로 파고들던 때가 나에게는
제일 감미롭고 신성한 행복을 느낀 시간이었어요!
그러나 이젠 그렇게 되질 않아요.
어쩐지 내가 당신에게 억지로 다가가는 것 같고
당신은 날 밀어내는 것 같아요.
그런데 당신이 맞군요, 어질고 순한 이 눈길.

파우스트 날 느꼈으면 됐소, 어서 갑시다!

마르가레테 저리로 나가나요?

파우스트 밖으로 나가는 거요.

마르가레테 밖은 무덤이에요,
죽음이 기다리고 있어요, 이리 오세요!
여기서 곧장 영원한 잠으로 가야죠.
한 발짝도 안 떼겠어요. ---
당신은 이제 가시나요? 오, 하인리히 나도 갈 수 있으면 좋으련만!

파우스트 갈 수 있고 말고! 마음만 먹으면 돼요! 문은 열려있소.

마르가레테 난 갈 수 없어요, 난 가망이 없어요.
도망간들 무슨 소용이 있겠어요? 날 잡으려고 다들 노릴 텐데.
목숨을 구걸하며 사는 건 너무 비참해요,
게다가 양심의 가책까지 느끼며!
타향으로 떠도는 삶은 너무 비참해요,
게다가 결국은 붙잡히고 말 텐데!

파우스트 내가 당신 곁에 있겠소.

마르가레테 빨리! 빨리요!
가엾은 당신 아기를 살려주세요.
빨리 가세요! 계속 뒤쪽 길로 해서
개울을 따라 올라가세요,
징검다리를 건너
숲 속으로 들어가세요,
왼쪽에 나무다리가 있는
못 속이에요.

빨리 건져내야 해요!
떠오르려고 해요.
아직도 허우적대요!
살려주세요 살려주세요!
파우스트 정신 차려요 제발!
한 발만 가면 자유를 찾을 수 있어요!
마르가레테 저 산만 넘으면 되는데!
우리 어머니가 거기 바위에 앉아계셔요.
섬뜩하게 차가운 손이 내 머리를 잡아당기는 것 같아요!
그 바위에 우리 어머니가 앉아
머리를 흔들고 계셔요,
손짓도 고갯짓도 안 하시고. 머리가 무거워서 그러시는 거예요.
오래 주무시더니 깨어나시질 않았어요,
우리 연애하라고 주무신 거예요.
그땐 참 행복했는데!
파우스트 아무리 설득하고 애원해도 듣지 않으니
당신을 안아서 데려가야겠소!
마르가레테 놓으세요! 싫어요, 억지로 이러는 거 싫어요.
그렇게 죽일 것처럼 잡지 말아요!
전에는 그러시지 않아도 다 해드렸잖아요.
파우스트 날이 샌다! 자기야! 자기야!
마르가레테 날이! 그래요, 날이 새요! 마지막 날이 오고 있어요!
내 결혼식 날이 될 거예요!

아무한테도 말하지 말아요, 그레트헨이랑 잤다고.
어쩌면 좋아 내 화관!
이미 벌어진 길 어쩌겠어요!
우린 다시 만날 거예요,
하지만 춤을 추는 곳은 아녜요.
사람들이 몰려와요, 그런데 아무 소리도 들리지 않아요.
장터에도 골목에도
사람이 꽉 차있어요.
종이 울려요, 막대기가 부러져요,[88]
날 꽁꽁 묶어요!
난 벌써 참수대까지 끌려왔어요.
내 목덜미에서 번쩍일 칼날을
다들 자기 목덜미에서 느끼나 봐요.
세상이 온통 무덤 같아요!

파우스트 오, 나는 태어나지 말았어야 했는데!

메피스토 (문 밖에 나타난다.)
떠납시다! 떠나지 않으면 당신들은 끝이에요!
쓸데없이 왜 망설여요! 우물쭈물 무슨 말이 그리도 많소!
내가 준비해 놓은 말들이 떨고 있소,
먼동이 트고 있소.

마르가레테 저 땅바닥에서 솟아오르는 게 뭐죠?
그 사람! 그 사람이에요! 저 사람을 쫓아버리세요!
거룩한 이곳에 저 사람이 왜 왔죠?

날 잡으러 온 거예요!

파우스트 당신을 구하려는 거요!

마르가레테 하느님의 심판을 받겠어요! 날 하느님께 맡기겠어요!

메피스토 (파우스트에게)

갑시다! 빨리! 당신과 저 아이를 버려두고라도 난 가야겠소!

마르가레테 하느님 아버지! 저는 당신 것입니다, 구해 주소서!

천사들이여! 성스러운 무리여!

내 주변을 감싸고 날 보호해 주소서!

하인리히! 난 당신이 무서워요.

메피스토 저 아이는 심판받았소!

목소리 (위에서)

구원받았느니라!

메피스토 (파우스트에게)

이리 나오시오!

파우스트와 함께 사라진다.

목소리 (안에서. 점점 작은 소리로)

하인리힛! 하인리힛!

작품 해설

괴테의 《파우스트》는 독일 독자들에게도 난해한 작품으로 알려져 있다. 우리는 이를 어떻게 읽어야 하는가.

괴테의 《파우스트》는 Ⅰ부와 Ⅱ부를 합쳐 12,111행에 달한다. 방대한 규모의 무궁무진한 내용, 다양한 형식이 우리나라 금강산의 일만 이천 봉에 비유할 만하다. 조선시대 문인 퇴계 이황은 독서를 이렇게 말했다.

讀書如登山	독서란 등산과 같은 것
讀書人說遊山似	독서란 산천을 유람하는 것과 같다고들 하는데
今見遊山似讀書	이제 보니 산천유람이 독서와 같네.

우리는 금강산을 유람하듯 《파우스트》를 읽어야 한다. 내금강·외금강·해금강으로 이루어진 금강산처럼 《파우스트》도 세 부분으로 되어 있다. 즉 서곡 세 개와 Ⅰ부, Ⅱ부로. 여기서는 서곡들과 Ⅰ부만을 다루겠다.

《파우스트 Ⅰ》은 두 번째 서곡인 '무대 위 앞놀이'가 말해 주듯 무대에서 상연할 연극으로 썼으나 우리가 흔히 아는 3막이나 5막으로 구성한 3~4시간에 끝낼 수 있는 작품이 아니다. 괴테의 탄생 250주년을 기념하여 1999년에 독일에서 처음으로 괴테의 《파우스트》 텍스트 전체를 공연했는데 I부에만 7시간이나 걸렸다. 《파우스트》는 독자적인 성격을 지닌 여러 장면이 줄지어 이어지는 이른바 서사극이다. 완창하는 데 8시간이 걸린다는 판소리 〈춘향가〉와 구조가 비슷하다.

1. 작품 소재

《파우스트》의 주인공은 16세기 초 마르틴 루터가 촉발한 종교개혁 이후 펼쳐진 대혼란기에 살았던 요한 게오르그 파우스트다. 전설 같은 일화를 많이 남긴 이 역사적 인물에 대한 이야기를 모아 프랑크푸르트의 출판업자 요한 스피츠가 1587년에 책으로 냈는데 그것이 이른바 민중본(Volkbuch) 《파우스트》다.

민중본 《파우스트》는 한 남자가 욕망을 실현하고자 악마와 결탁한 이야기다. 이 '악마와 결탁한 사내' 모티브는 중세 후기에 가톨릭 교회가 이단자를 처단하려고 설치했던 종교재판소를 통해 이미 널리 알려졌었는데, 요한 스피츠가 이에 더하여 지상의 것을 탐구하려는 16세기의 시대정신을 담아냈다.

이 민중본 《파우스트》는 수십 판을 출판했을 뿐만 아니라 외국어 번역본도 여럿 나왔다. 특히 셰익스피어와 같은 시대의 극작가인 크리스토퍼 말로우가 영어 번역판을 기반으로 해서 창작한 《파우스트의 비극》이 영국 방랑극단을 통해 독일로 다시 들어왔으며, 인형극 형태로 바뀌어 대중에게 알려졌다. 괴테가

《파우스트》의 소재로 활용한 것도 유년기에 접한 인형극 '파우스트'와 요한 스피츠의 민중본 《파우스트》다.

2. 생성 과정

괴테의 《파우스트》 생성 과정은 네 단계로 볼 수 있다.

1) 《초고 파우스트(Urfaust)》

1775년 가을 바이마르로 초빙받아 온 괴테는 영주의 모후 안나 아마리에가 주관하는 궁중 살롱에서 프랑크푸르트 시절에 스케치해 둔 드라마를 하나 읽는다. 이때 궁중 시녀인 루이제 폰 쾨시하우젠이 필사한 텍스트가 괴테 사후 한 세대가 지나 발견되었는데 이를 학계에서 '초고 파우스트'라 불렀다.

1772~74년에, 즉 20대 초반이던 괴테가 이른바 '질풍노도기'에 쓴 이 '초고 파우스트'는 기존 세대의 적폐를 신랄하게 비판한 내용이 주를 이룬다. 특히 대학의 주체인 교수와 학생의 무능함과 비겁함을 낱낱이 폭로했다. 또 영아살인 사건을 소재로 한 '그레첸의 비극' 줄거리도 들어있다.

2) 《파우스트, 하나의 미완성극(Faust, ein Fragment)》

1786년 9월 초 도피여행을 떠난 괴테는 2년간 이탈리아에 머물며 《초고 파우스트》를 보완한다. 그리고 만 40세인 1790년에 손수 편집한 '괴테 작품집'에 '파우스트, 하나의 미완성극'이라는 제목을 붙여 끼워넣는다. 이때 《초고 파우스트》에는 없던 '파우스트의 두 번째 독백'과 '메피스토와의 계약', '마녀의 부엌', '숲과 동굴' 같은 중요한 장면을 추가하고, 그레첸이 어머니의 장례미사에서 기절하는 '성당' 장면으로 끝을 맺는다.

3) 《파우스트 Ⅰ(Faust der 1. Teil)》

1805년 바이마르가 나폴레옹의 군대에 점령당하자 괴테는 마지막이 될지도 모른다고 생각하며 자신의 작품 편찬 작업을 다시 시작해서 1806년에 마친다. 여기에 완성본 《파우스트 Ⅰ》을 넣는다. 그러나 괴테가 손수 편집한 두 번째 작품집은 1808년에야 세상에 나온다.

4) 《파우스트 Ⅱ(Faust der 2. Teil)》

1800년 괴테는 《파우스트 Ⅱ》의 핵심 내용인 제3막 헬레나 장면 일부를 자신이 주관하는 잡지에 발표했으나, 본격 작업은 1825년에 시작하여 타계 5일 전인 1832년에 완성한다.

3. 장면 구성과 줄거리

《파우스트 Ⅰ》은 분량이 같은 두 부분으로 되어 있는데, 학계에서 '학자의 비극'과 '그레첸의 비극'이라는 제목을 붙였다.

1) '학자의 비극' 줄거리

10년이나 학생들을 가르치며 '생명의 씨알'을 만들고자 심혈을 기울여 온 대석학 파우스트 교수는 "알고자 하는 것은 하나도 배우지 못하고 필요 없는 지식만 쌓았다"고 한탄한다. 그러느라 건강마저 해쳐 30세에 노인처럼 돼버린 자신을 보고는 상아탑을 떠나 현장의 삶을 체험하려 한다. 그러나 혼자서 삶의 현장으로 뛰어들 자신이 없는 파우스트는 유랑하는 학생으로 자신 앞에 나타난 세상 물성에 밝은 악마 메피스토의 노움을 받기로 하고 계약을 한다. 지상에서는 메피스토가 자신의 종 노릇을 하고 사후에는 자신이 메피스토의 종이 되기로.

메피스토는 파우스트에게 삶의 현장들을 보여주다가 무허가 매춘 소굴인 '마녀의 부엌'으로 데려간다. 거기서 마녀가 준 특별한 영약을 마시고 건강을 찾은 파우스트는 벽에 나타난 헬레나의 영상을 보고 빠져버린다. "너는 이제 모든 여자가 헬레나로 보일 것"이라는 메피스토의 말로 '학자의 비극'은 끝을 맺는다.

2) '그레첸의 비극' 줄거리

마녀가 준 영약을 마시고 다시 건강해진 파우스트는 메피스토와 지내면서 한량으로 변하고, 교회에서 고해성사를 하고 나오는 그레첸을 보고 첫눈에 반한다. 메피스토의 예언대로 그레첸에게서 헬레나를 본 것이다. 이때부터 시작된 파우스트와 그레첸의 사랑은 '숲과 동굴' 장면에서 변곡점을 맞는다. 천사 같은 그레첸의 평온을 더는 깨지 않으려고 그레첸에게서 도망친 파우스트는 산 속을 헤매다가 대자연에 눈을 뜬다. 그레첸과의 사랑으로 대자연을 보는 안목이 트인 것이다. 그러나 그레첸을 갈망하는 마음을 떨쳐버리지 못한다.

'향유와 욕망' 사이에서 갈등하는 파우스트 앞에 메피스토가 나타나 "밤낮 너만을 그리워하는 가엾은 어린 것을 생각하라"

며 조롱하자 "그레첸과 함께 파멸해도 좋다"고 결심하고 그레첸에게로 돌아간다. 이때부터 파우스트는 범죄에 휘말린다. 그레첸과 잠자리를 하려고 그레첸에게 잠자는 약을 어머니한테 먹이라 한다. 세 방울만 먹이라 했으나 순진한 그레첸이 많이 먹여 어머니가 사망한다. 어이없게 어머니를 죽인 그레첸은 어머니의 장례미사에서 기절하고, 이 소식을 들은 그레첸의 오빠 발렌틴이 가문의 명예를 회복한다고 파우스트에게 결투를 신청한다. 그러나 메피스토의 도움을 받은 파우스트의 칼에 찔려 죽는다.

살인자가 된 파우스트는 메피스토와 도망쳐서 마녀들의 축제인 '발푸르기스의 밤'에 끼어들고, 마녀들과의 광란의 춤판에서 갑자기 처형당할 자의 모습으로 나타난 그레첸의 환영을 본다. 그러고는 비로소 그레첸이 영아살인범으로 사형을 언도받고 감옥에 갇혔음을 알게 된다.

파우스트는 그레첸을 빼내려고 메피스토와 함께 감옥으로 달려간다. 실성한 상태에서 노래를 부르던 그레첸은 처음에는 파우스트를 못 알아보고 자신을 형장으로 끌고갈 형리로 착각하다 음성을 듣고는 알아보고 함께 달아나려 한다. 그러나 감옥문 밖에서 빨리 나오라고 재촉하는 메피스토의 목소리를 듣고는 그대로 남겠다고 한다. 파우스트는 그레첸을 감옥에 둔 채 메피스토와 도망친다. 메피스토는 "그 아이는 처형당했다!" 하고, 위에서는 "그 아이는 구원받았다!"는 소리가 들린다. 파우스트를 부르는 그레첸의 절규 "하인리힛! 하인리힛!"으로 막이 내린다.

4. 작품의 구조·내용·기능

서곡 세 개는 I과 II에 모두 해당한다.

장면	내용	기능
첫 번째 서곡: 바치는 글	작가 자신에 대한 시	서시
두 번째 서곡: 무대 위 앞놀이	극장장과 작가, 배우가 관객을 많이 모을 수 있는 연극을 만들려고 의논한다.	《파우스트》가 서사시임을 강조한다.
세 번째 서곡: 천상의 서곡	대천사 셋이 천지창조를 찬양한다. 주와 메피스토가 사람의 가치에 대해서 파우스트를 예로 들어 누구 생각이 옳은지 내기한다.	관객에게 주와 메피스토가 내기하는 과정이 작품의 내용임을 알린다.

1) '학자의 비극'

첫째 마당–밤

높고 둥근 천장에 좁은 고딕식 방, 파우스트의 첫 번째 독백, 바그너 장면, 파우스트의 두 번째 독백, 파우스트의 자살 시도, 부활절 자정, 천사들의 합창.

둘째 마당–성문 앞

부활절에 시외로 나오는 각계각층의 행렬, 농부들의 춤과 노래, 들판에서 만난 삽살개를 데리고 귀가하는 파우스트와 바그너.

셋째 마당–서재1

성서를 번역하는 파우스트. 부활절 산책에서 데려온 삽살개가 방해하더니 몸이 하마처럼 커지다가 유랑하는 학생 차림을 한 메피스토로 변신하여 파우스트 앞에 나타난다.

넷째 마당–서재2

메피스토가 귀공자 차림을 하고 다시 서재에 나타난다. 파우스트가 저주를 담은 독백을 한다. 메피스토와 계약과 내기를 한다.

다섯째 마당–라이프치히의 아우어바흐 지하 술집

나이 많은 선배 대학생과 어린 후배 대학생이 난잡한 술판을 벌인다.

여섯째 마당–마녀의 부엌

무허가 매춘 소굴. 파우스트는 마녀가 준 영약을 마시고 건강을 되찾는다.

2) '그레첸의 비극'

첫째 마당–길거리

파우스트와 그레첸의 첫 만남.

둘째 마당–저녁

메피스토가 몰래 갖다놓은 선물상자에 그레첸이 호기심을 보인다.

셋째 마당—산책길

메피스토가 그레첸의 어머니가 귀금속 선물상자를 신부에게 바쳤다고 화를 낸다. 파우스트가 메피스토에게 더 좋은 것을 갖다놓으라 한다.

넷째 마당—이웃 여인의 집

그레첸이 두 번째 선물상자를 받고 이웃 여인에게 조언을 구한다.

다섯째 마당—길거리

메피스토가 초조해 하는 파우스트를 놀린다.

여섯째 마당—정원

메피스토가 그레첸의 이웃 여인 정원에서 수작을 부리는 동안 파우스트는 그레첸과 어울린다.

일곱째 마당—정원 헛간

파우스트와 그레첸이 첫 입맞춤을 한다.

여덟째 마당—숲과 동굴

그레첸의 평화를 깨지 않으려고 산으로 도망쳐 대자연의 향유와 그레첸을 향한 갈망 사이에서 갈등하는 파우스트 앞에 메피스토가 나타나 조롱한다.

아홉째 마당—그레첸의 방

파우스트를 그리워하는 그레첸이 물레를 돌리며 노래를 부른다.

열째 마당—마르테의 정원

그레첸이 파우스트에게 종교를 어떻게 생각하냐고 묻는다.

열한째 마당—우물가에서

그레첸이 우물가에서 혼전에 임신하고 배신당한 여자를 고소해 하는 처녀들 얘기를 듣는다.

열두째 마당—성벽 안 골목

그레첸이 고난의 성모상 앞에서 간절하게 기도한다.

열셋째 마당—밤

그레첸의 집 앞에서 그레첸의 오빠 발렌틴이 파우스트의 칼에 찔려 죽는다.

열넷째 마당—성당

그레첸이 어머니의 장례미사에서 기절한다.

열다섯째 마당—발푸르기스의 밤

하르츠의 정상 브로켄에서 벌이는 작센 족의 봄축제. 원시시대부터 이날 밤 여기서 남녀가 자유롭게 짝을 짓는 것이 이 부족의 풍습이다.

열여섯째 마당—발푸르기스 밤의 꿈

발푸르기스의 밤에 바이마르의 연극단이 가설무대에서 하던 연극이다.

열일곱째 마당—흐린 날, 벌판

파우스트가 영아살인죄로 감옥에 갇힌 그레첸을 구하러 달려가며 메피스토를 질타한다.

열여덟째 마당—밤, 광활한 벌판

그레첸을 구하려고 말을 타고 질주하며 스쳐가는 벌판의 풍경.

열아홉째 마당—감옥

메피스토의 마지막 말 "저 아이는 심판받았소!"에 위에서 "구원받았느니라!"라는 소리가 들려오고, 그레첸이 파우스트를 부르는 "하인리히! 하인리히!"로 막이 내린다.

5. 작품 수용과 영향

비스마르크가 제2 독일제국을 세운 1870년 이후 독일에서는 괴테를 영국의 셰익스피어와 비교할 만한 작가로 인식했으며, 괴테 학회가 생기면서 괴테 연구는 나라의 지원으로 활발해졌다. 특히 괴테의 《파우스트》는 인문계 고등학생이 졸업하기 전에 시험을 치러야 하는 필수과목으로 시정(1960년대 초까지, 즉 68세대 전까지 그랬다.)되었으니 이 작품이 20세기 후반까지도 독일 지성계에 미친 영향은 막대하다 하지 않을 수 없다.

그러나 니체를 비롯한 릴케와 토마스 만, 벤, 브레히트 같은 세계가 알아주는 철학자나 작가 들은 고교 때 스스로 이해했겠으나 평범한 학생에게는 어려울 수밖에 없었을 것이다. 그들은 시험용으로 나온 해설서를 보거나 7시간이 걸리는 1부를 2~3시간으로 줄여 무대에 올린 작품으로 대신했다고 하니 그 피해 또한 막대하다 하지 않을 수 없다. 30대 파우스트를 50~60대 노교수로 등장시키거나 메피스토와 같은 부류인 능청맞은 바그너를 늙을 때까지 조교 신세를 면하지 못한 멍청이로 묘사한 이는 연출가인데 괴테의 원작으로 안 원인이 된 것이다.

괴테의 《파우스트》는 프랑스·영국·러시아·이탈리아 등 유럽의 작가들에게 많은 영향을 미쳤음이 학계에서 점차 밝혀지고 있다. 우리나라에서는 지난 80년 동안 30종에 가까운 번역본이 나왔으며 10회 이상 공연을 했다.

미주

- 원문 구성과 행번호, 주석 등은 *Faust. Der Tragödie zweiter Theil in fünf Acten (1831). Johann Wolfgang Goethe: Sämtliche Werke nach Epochen seines Schaffens*(Münchener Ausgabe, Bd. 18.1, 1997)를 기반으로 *Goethes Werke, Band VIII.* (Hamburger Ausgabe, Bd. 3, hrsg. von Erich Trunz, 1949) 등을 교차 참조했다.
- 외래어 특히 그리스·로마 신화 등에서 유래한 인명·지명·신명 표기는 연관된 문맥의 이해를 위해 본래 유래한 그리스어와 라틴어 원어를 기반으로 한글식 표기를 했지만 때로 괴테식 표기를 수용하기도 했다.

1) '천상의 서곡'은 구약성서 〈욥기〉 제1장 6~12절에 나오는 하느님과 사탄의 대화에서 모티브를 얻었다. 이 장면은 《파우스트 Ⅱ》의 마지막 장면 '심산유곡'과 함께 《파우스트 Ⅰ·Ⅱ》 전체 틀을 이룬다.
2) 하느님 못지않다는 교만한 생각을 해서 지옥으로 떨어진 루치퍼를 제외한 천사들을 말한다.
3) 퇴계 이황이 유학의 요점을 《성학십도》로 정리했듯이 노스트라다무스가 정리했다는 대우주 도표.
4) 스웨덴 신학자이자 철학자인 임마누엘 스웨덴보르그를 말한다.
5) 히포크라테스의 유명한 말. 원문 Ars longa vita brevis에서 Ars를 예술로 많이 번역하나 원래 뜻은 기술이다. 의사였던 히포크라테스가 뜻한 것은 의술이고, 바그너가 염두에 둔 것은 연설 기술이다.
6) 〈창세기〉 제3장 24절에 나오는 에덴 동산에서 생명의 나무에 이르는 길을 지키는 천사.
7) 목이 가늘고 긴 약병.
8) 그리스도를 통해 이루어진 신과 인류의 약속 '신약'을 말한다. 그리스도의 탄생 전까지 유대 민족과 신과의 약속을 '구약'이라 하고, 그리스도 탄생 후의 신과 인류의 약속을 신약이라 하는 것은 후세 신학이 구분한 것이다.
9) 뚜렷한 주관이 없어 교회의 지침이 필요한 사람들.

10) 11월 29일. 성 안드레아스가 순교한 날. 이날 밤 처녀가 일정한 주문을 외우면 미래 배우자를 본다는 미신이 있었다.

11) 연금술. 중세 말 연금술사들은 영주나 교회의 후원(백마술)을 받기도 하고 탄압(흑마술)을 받기도 했다.

12) 중세 연금술서에서 화학 요소에 붙인 이름 중에 하나. '붉은 사자'는 산화수은, '나리꽃'은 염산, '신방'은 화학 증류기, '젊은 여왕'은 염화수은.

13) 16~18세기에 널리 퍼졌던 마술서.

14) 흙귀신 코볼트와 같음.

15) 중앙에 신의 눈을 표시한 삼각형 부적. 삼위일체를 상징한다.

16) 중세 이래 산업혁명이 시작되기 전에는 대학생들이 일정한 기초 과정을 마친 후 여러 곳을 여행하며 견문을 넓히는 풍습이 있었다.

17) 푸른 나무에 덮여 그늘진 곳. 연인들이 밀회 장소로 많이 이용했다.

18) Encheiresis naturae. 괴테가 슈트라스부르크 대학에 다닐 때 화학 선생이던 슈필만 교수가 쓴 용어. 사람이 흉내낼 수 없는 자연의 결합 방식을 말한다.

19) 큰 세계는 자연의 세계를, 작은 세계는 사람의 세계를 말한다.

20) Eritis sicut Deus Scientes bonum et malun. 라틴어 성경 〈창세기〉 제3장 5절에 있는 말.

21) 열기구를 말한다. 1783년 프랑스의 몽골피에 형제가 처음으로 열기구 비행에 성공했다.

22) 독일의 하르츠 산 1,142m 정상. 4월 30일에서 5월 1일로 넘어가는 밤(=발푸르기스의 밤)에 마녀들이 염소를 타고 이곳에 와서 축제를 벌인다는 전설이 있다.

23) 라이프치히 근처 마을. '리파흐의 한스'는 라이프치히 대학생들 사이에서 유행한 말로 '촌뜨기 바보'라는 뜻. 프로쉬는 메피스토가 이 말을 못 알아들을 줄 알고 했는데 메피스토는 이들을 '한스의 사촌들'이라 부르며 받아친다.

24) 포도주로 유명한 헝가리의 도시.

25) 마술에 쓰는 도구. 이것으로 보면 범인을 식별할 수 있다는 말이 있었다.

26) 여기서는 왕홀의 기능을 한다.

27) 프랑스 대혁명 때 붕괴 직전에 있던 왕정을 말하고, 2453~2455행은 시민과

천민의 외침을 말한다.

28) 시민층에게 우유부단한 태도를 보여 처형당한 루이 16세를 흉내내며 조롱하는 것.

29) 프랑스 대혁명 때 유행한 혁명 사상을 풍자하는 것.

30) 운이 좋아 사상가로 날뛰는 자들을 비판한 것으로 짐승 취급을 받는 이들이야말로 진정한 시인이라는 뜻.

31) 민간에서 악마의 발은 말발굽이라는 말이 있었다.

32) 원시시대에는 동서를 막론하고 경험이 많은 할미가 산파 노릇을 했다. 이 할미는 주변에서 약초를 구해 산모에게 먹이거나 몸에 바르게 해서 산모의 목숨을 지키려고 혼신을 다했으니 메피스토의 말대로 '의사'라 할 수 있다. 이런 할미가 '마녀'로 불린 이유는 '발푸르기스의 밤' 주를 참조할 것.

33) 원시시대부터 할미들은 '의사'의 기능만이 아니라 산모의 목숨을 지키고 건강한 아들을 달라고 하늘에 비는 '신내림' 효력까지 받는 기능을 했다. 마녀의 구구단이란 작센 족 할미들인 마녀가 하늘에 올리는 기원문을 말하는데, 이것이 숫자의 배합이라 학계에서 이렇게 이름을 붙였다.

34) 기독교의 삼위일체설을 말한다.

35) 3834행 이하 '발푸르기스의 밤' 장면 참조.

36) 그리스 신화에 나오는 여자 중에 제일 아름답고 청혼을 많이 받은 사람.

37) 아가씨(Fräulein)는 귀족 처녀를 말한다. 신분에 따른 의복 규정이 엄하던 시대인데, 메피스토의 권유로 귀공자 차림을 한 파우스트가 마르가레테의 복장을 보고 서민임을 알면서도 이렇게 부르며 말을 건다. 파우스트는 이미 전형적인 바람둥이 귀족 청년으로 변신한 것이다.

38) 당시에는 14세가 안 된 소녀와는 성교나 혼인을 할 수 없었다.

39) 유럽 북쪽 끝에 있었다는 전설 속의 나라.

40) 마르가레테의 애칭.

41) 당시에는 과부가 재혼하려면 남편이 사망했다는 증명서가 있어야 했다.

42) 매독 같은 성병을 말한다.

43) 당시에는 애도 기간인 일 년 안에는 재혼을 금했다.

44) 이 지문은 독자의 이해를 도우려고 역자가 삽입했다.

45) 구약성서 〈아가〉 제4장 5절에 나오는 말.

46) 파우스트의 이름. 성씨나 존칭 대신 이름을 부른다는 건 특별한 사이라는 뜻. 이는 앞 세기인 60년대까지만 해도 성인 남녀가 사랑하는 사이가 되었다는 뜻이었다.

47) 독실한 가톨릭 신자인 그레첸이 여기서 종교를 거론하는 이유는 파우스트의 사랑을 확인하고는 그와의 결혼이 당연하다고 여겼기 때문이다. 파우스트가 가톨릭 신자가 아니라면 당시 통념으로는 혼인할 수 없었다.

48) 중세 말까지만 해도 죄를 지은 자는 수의를 입고 교회 제단 옆에 꿇어앉아 속죄하라고 법으로 정해 있었다.

49) 당시에는 혼인 전에 순결을 잃은 신부 집 앞에 여물을 뿌려놓는 풍습이 있었다.

50) 3834행 이하 '발푸르기스의 밤' 장면 참조.

51) 하메론의 전설에 나오는 쥐잡이 사내는 피리를 불어 쥐를 모아 잡았을 뿐만 아니라 소녀들도 유괴했다고 한다.

52) 여자들이 미사에 갈 때 졸음과 혼절을 막으려고 지참했다.

53) 4월 30일부터 5월 1일 사이 밤. 기독교가 퍼지기 전부터 내려온 작센 족 고유의 봄축제를 탄압하는 데 실패한 교회는 이를 성녀 발푸르기스의 이름을 붙여 공식으로 허용했다. 8세기 경 영국에서 태어난 발푸르기스는 독일에 처음으로 수녀원을 세우고 포교에 힘썼다.

54) 시에르케와 엘렌트는 하르츠 산 정상 브로켄으로 올라가는 동남쪽 길목에 있는 마을 이름.

55) 발푸르기스의 밤에 마녀들이 빗자루를 타고 날아서 하르츠 산 정상 브로켄으로 올라갔다는 전설이 있다.

56) 늪지대에 나타나 사방으로 튀는 불꽃. 민간 신앙에서는 갈피를 못 잡게 하는 악귀로 알려져 있다.

57) 마녀나 악령이 쥐로 변해서 나타난다는 미신이 있다.

58) 황금의 신.

59) 하르츠 산의 정상. 지리산의 노고단처럼 넓은 초원지대. 원시시대부터 작센 족의 젊은 남녀가 짝짓기를 하려고 여기서 봄축제를 벌였다고 한다.

60) 악마의 이름.

61) 마녀의 이름. 원래는 그리스 신화에 나오는 데메테르 여신의 늙은 시녀. 지

하의 왕 하데스에게 딸 페르세포네를 유괴당한 데메테르 여신이 시름에 빠지자 위로해 주려고 음탕한 농담을 들려줬다고 한다.

62) 하르츠 산의 정상 브로켄에 높이 솟은 바위 이름.

63) 마녀들은 봄축제 때 짝짓기를 하려고 브로켄으로 갈 때 겨드랑이와 생식기에 이것을 바르면 날아가는 것처럼 빨리 간다고 믿었다 한다.

64) 왼쪽 무릎 아래에 차는 훈장.

65) 괴테는 이들을 악마 취급하며 혁명 때 아무것도 안 하면서 불평만 늘어놓는 사람들을 비판했다.

66) 고대 유대의 창조설화에 나오는 아담의 첫 번째 아내. 아담과 다투다 헤어지고 나서 제일 높은 악마의 애인이 되었고 자신도 악녀가 되었다. 바로크 시대 마녀문학에 자주 등장했다.

67) 1797년 베를린 교외 테겔 지역에 있는 훔볼트의 성에 유령이 나타난다는 소문이 돌았는데, 계몽주의자인 니콜라이가 베를린학술원 강연에서 자신도 1791년에 유령한테 시달리다가 의사가 거머리로 엉덩이의 피를 빨게 해서 나았다고 하자 괴테가 '궁둥이 심령술사'라며 놀려댔다. 괴테의 소설 《젊은 베르터의 슬픔》을 풍자한 《젊은 베르터의 기쁨》을 쓴 니콜라이는 괴테와 실러를 자주 공격했다.

68) 지루한 책들을 출판한 니콜라이를 풍자한 것.

69) 베를린의 한 지역. 이곳에 훔볼트 형제의 영지가 있었다.

70) 니콜라이는 1783~96년에 12권에 달하는 여행기 《독일과 스위스 여행》을 출간했다.

71) 중세 이후 사람들은 혼이 몸에서 빠져나와 돌아다니다가 다시 몸 안으로 들어갔다 나왔다 한다고 생각했다. 이때 보통 좋은 혼은 하얀색, 악마의 혼은 빨간색을 띠었다고 한다. 그러나 여기서는 파우스트가 젊은 마녀에게서 느낀 갑작스러운 역거움을 표현한 것뿐이다.

72) 그리스 신화에 나오는 여자 괴물. 이 괴물을 쳐다보는 사람은 그 자리에서 돌로 변했다고 한다.

73) 거울로 메두사를 돌로 변하게 해서 목을 벤 사람.

74) 빈 교외에 있는 공원.

75) 오베론과 티타니아는 셰익스피어의 《한여름 밤의 꿈》에 나오는 요정. 1800

년 경에 인기를 누린 브라니츠키의 오페레타 《요정들의 왕 오베론》도 괴테에게 이 막간극을 쓰게끔 자극했다.

76) 바이마르의 궁정 극장 첫 무대감독.

77) 셰익스피어의 《한여름 밤의 꿈》에 나오는 도깨비인데, 괴테는 여기서 가장무도회 사회자로 설정했다.

78) 셰익스피어의 《폭풍》에 나오는 공기의 요정.

79) 괴테가 실러와 공동으로 집필한 풍자시집 《크세니엔》을 말한다.

80) 자신이 발행하던 잡지 《시대정신》(1784~1800)에서 괴테와 실러의 비도덕성을 공격한 헤닝스는 이 잡지와 자신의 시와 평론을 묶은 《무사게트》를 출간했다. 《시대정신》은 1801년에 《19세기 정신》으로 이름을 바꿨다.

81) 뮤즈의 지도자 헤닝스가 발행한 잡지 《시대정신》의 부록으로 나온 시집 이름.

82) 1801년에 잡지 이름을 바꿔 '예전의'라 한 것.

83) 프랑스 말로 '근심을 털어낸다'는 뜻으로, 프리드리히 대왕이 포츠담에 세운 궁정 이름.

84) 프랑스 혁명 후 몰락한 귀족들.

85) 프랑스 혁명 후 부상한 신진 권력자들.

86) 프랑스 혁명 혼란기에 날뛰는 폭도들.

87) 신문이 없던 시절 – 있었다 해도 중요한 정치 문제만 다루던 관보만 있던 시절 – 흥미를 끄는 사건들은 대부분 문맹이던 대중에게 노랫조로 알려졌다. 이것이 '노래신문' 또는 '뱅켈상=장돌뱅이 가인이 부르는 노래'인데, 그레첸은 자신의 일이 그런 식으로 퍼진다고 본 것이다.

88) 형리가 사형수 앞에 서서 막대기를 부러트리면 사형을 집행하라는 뜻.

차례

역자 최두환

1935년 서울 출생
1954년 경기고등학교 졸업(50회)
1958년 한국외국어대학교 독어과 졸업
1960년~1982년 독일 괴팅엔대학교에서 수학
1982년~2000년 중앙대학교 독어독문학과 교수
1993년~1997년 한국괴테학회 회장
1999년~현재 바이마르 괴테학회 명예회원
2015년~2018년 계간 세계시민 발행
2000년~현재 도서출판 시와진실 대표

역서
≪파우스트–하나의 비극≫(시와진실, 2000)
≪서동시집≫(시와진실, 2002)
≪실러≫(공역, 아카넷, 2015)
≪괴테 파우스트 Ⅱ≫(시와진실, 2024)
김지하의 첫 시집 ≪황토(Die gelbe Erde, und andere Gedichte)≫(Suhrkamp, 1983)
박희진의 시집 ≪하늘의 그물(Himmelsnetz)≫(Edition Deita, 2007)

초판발행 2026년 2월 10일
기획 최두환 이문희, 펴낸이 최두환

펴낸곳 시와진실, 출판등록 1997년 6월 11일 제2-2389
06912 서울 동작구 강남초등4길 14번 시와진실 501호
전화 02-813-8388, 팩스 02-813-8377
이메일 ambros2013@naver.com, 블로그 httn://blog.naver.com/ambros2013

ISBN 978-89-90890-62-7 03850